# *DIEPPE*

## Jacques-Emile Blanche

Copyright pour le texte et la couverture © 2023 Culturea
Edition : Culturea (culurea.fr), 34 Hérault
Contact : infos@culturea.fr
Impression : BOD, Norderstedt (Allemagne)
ISBN :9791041831371
Date de publication : juillet 2023
Mise en page et maquettage : https://reedsy.com/
Cet ouvrage a été composé avec la police Bauer Bodoni
Tous droits réservés pour tous pays.

A WALTER SICKERT

# I

## AUTREFOIS

UN matin d'août, tandis que l'orchestre exécutait quelque valse d'Arban le cornettiste, Aubrey Beardsley, malade, grelottant, buvait un verre de lait et de soda sur la terrasse du Casino. Il me montra la trouvaille qu'il venait de faire ; c'était un exemplaire des *Mémoires pour servir à l'histoire de la Ville de Dieppe*, par Denys Guibert. Beardsley et Oscar Wilde, attablés ensemble, riaient aux éclats du rôle joué par les « guerriers anglois » pendant les guerres de religion. Ceux-ci attiraient dans leurs camps du pays de Caux les petits Polletais, pour leur apprendre l'usage du *tub* et les convertir à la religion « prétendue réformée ». Aubrey a su par cœur certaines pages du docte prêtre, descriptions où il se délectait de cortèges, de fêtes, de mystères représentés dans l'église Saint-Jacques. « Étonnante ville ! Quelle histoire, depuis Brennus jusqu'à Oscar ! s'écriait Aubrey. Il me semble que je vois le Dieppe médiéval, celui de la Renaissance, celui des époques à perruque, aussi nettement que la rue Aguado au temps de la Dame aux camélias et de l'impératrice Eugénie. Nous devrions organiser des *pageants*, sans toutefois faire revivre Charlemagne et la reine Berthe, sa mère ; encore moins Brennus. Ne nous perdons pas dans la légende ! Nous commencerions aux guerres de religion. Je me chargerais de la mise en scène ! Les Français n'ont pas d'imagination. Il n'y a qu'à choisir, les anniversaires abondent. » Et si j'objectais que d'organiser de telles commémorations serait plutôt notre affaire à nous, Aubrey répliquait en riant : « Bah ! les Anglais sont depuis des siècles chez eux, ici. »

Dieppe a toujours eu le goût des processions, des fêtes, des parades militaires et navales, des feux d'artifice. Les *Mitouries* de l'octave de l'Assomption attiraient un grand concours de monde, jusqu'à provoquer d'incongrues clameurs et risées dans les églises où se donnaient des spectacles extraordinaires – quand le « Badin Grimpesulais (clown du cru) fesait tantôt le mort, ou  frappoit des mains pour témoigner par ses applaudissements la joye qu'il avoit de veoir la Vierge monter dans le ciel d'une manière si lente, que cela duroit autant que la messe. Lorsqu'elle y étoit arrivée, elle étoit reçue et bénie par le Père Éternel, un ange la couronnoit. »

Ce Dieppe somptueux, qui allait bientôt être bombardé, incendié par les flottes britannique et néerlandaise, perdrait son caractère médiéval, mais serait reconstruit après 1694 suivant un plan uniforme. Cette reconstruction, due aux échevins, reste peut-être ce que nous apprécions davantage, bien que Vauban en ait fait la plus sévère critique. Peu d'exemples, aujourd'hui, hormis dans la rue d'Écosse, des damiers blancs et noirs en silex et pierre, des solives ciselées du XVIe siècle. Avec les additions et démolitions dues aux modes successives ou à la guerre, jusqu'à l'architecture anglo-italienne commandée par la duchesse de Berri, née princesse des Deux-Siciles, qui patronna les bains de mer, Dieppe reste un bibelot romantique. Par les claires nuits de lune, les fantômes de Delacroix, de Chateaubriand, d'Isabey, de Bonnington, de Liszt, de Rossini doivent converser avec Alexandre Dumas, Whistler, Degas, Renoir, Debussy, Gounod. Que de revenants ! Artistes, princes, personnages politiques, leurs noms ajoutent une poésie singulière à celui de Dieppe. Cette plage, malhabile à la réclame, a ses fidèles, ses amoureux maniaques. On dit : « Y venir, c'est s'engager à y revenir. » Tels, que nous avions vus jeunes et fringants, nous les y aurons retrouvés flétris, réduits à une existence nécessiteuse, ou serfs de clandestines voluptés. Familles anglaises, familles françaises, déchues de leur rang ; oisifs, désabusés, incorrigibles joueurs de baccara, vicieux, anormaux, alcooliques, amis de bouges à matelots et des bars ! Et ces couples venus jadis cacher leurs tendresses au fond de quelque jardin, secret comme les villas grillagées de Florence, « tombeau des amants » !... Qui ne peut prétendre à Capri, à Nice, daigne élire ce point de jonction des irréguliers et des honteux, sur des rivages au climat sans clémence – mais « à trente-sept lieues de Paris, à vingt-neuf de la Tamise, à trente-six de l'île de Wyt » fait valoir Denys Guibert, historiographe vétilleux.

Par quelque voie qu'il s'y rende, le touriste prend, d'un regard, une vue générale de la vieille cité des corsaires.

Elle a dû peu changer depuis cent ans. Du pont du paquebot, de son automobile, ou s'il descend du train, le nouveau venu saisit en un coup d'œil l'essentiel d'un panorama reproduit à satiété par le pinceau et le kodak. La première fois que l'on me conduisit à Dieppe, je crains que la nourrice qui me portait dans ses bras ne se soit écriée, si l'on se préoccupait alors d'hygiène et de puériculture : « Quelle odeur ! » La gare puait l'eau saumâtre égouttée des mannes de poisson ; elle était noire de charbon. Des mareyeurs se chamaillaient. Les Polletaises, une hotte sur le dos, dégageant des bouffées de crasse et de congre, pataugeaient, comme leur marmaille pouilleuse, dans les flaques croupissantes au creux des dalles. Une fois sortie de cette géhenne, la Nivernaise épingla les rubans de son bonnet tuyauté contre les entreprises d'un vent « à décorner les bœufs », gravit avec sa précieuse charge – moi-même – le marchepied rapide d'un omnibus des *Messageries*, engin qui sonnait la ferraille, tapissé d'une moquette pisseuse simulant la peau de léopard. Des automobiles de palace, des taxis s'y sont substitués, en été. Mais en hiver réapparaissent, pour ma joie, les guimbardes de mon enfance : coupés (jadis à capitons) des bourgeois ; berlines des châtelains du voisinage. Dieppe, qui se voudrait moderniser durant sa brève saison balnéaire, reste, en dépit de ses aspirations, la sous-préfecture classique, un port de commerce. Cette provinciale est inhabile à se costumer en tenancière de casino chic.

Dès la sortie de la gare, c'étaient, autrefois, des tonnes de *cardiff*, des wagons de galets pour lester les navires, puis se muer en majolique au-delà de la Manche. Des rails, des grues, autour du bassin Bérigny. Des piles de planches, du sapin de Norvège, des lingots de fer, marchandises déchargées des vapeurs aux cheminées vermeilles, ou de massifs trois-mâts dont la proue figurait une ondine ou un dieu nordique. Oh ! les beaux agrès, comme en dessinent les capitaines au long cours, pavoisés, le dimanche. Des mousses albinos y grimpaient, et ces géants matelots roux, en qui nos Normands reconnaissent leur propre type. Sur la falaise d'ouest se profilent les mâchicoulis, les poivrières de la citadelle. A l'est, les voiles rapiécées des barques de pêche, les faubourgs du Pollet et de Neuville, le sémaphore, le sanctuaire de Notre-Dame des Flots. Et entre ces deux portants, comme toile de fond, les tuiles mordorées des maisons basses, grises, telles qu'un troupeau pressées autour du pasteur dont la svelte tour de Saint-Jacques, jadis cathédrale, serait la houlette et le clocher en lanterne le chapeau. Plus loin, le beffroi jésuite de Saint-Remy ; le campanile d'une des nombreuses confréries du XVIe siècle. Moite voûte de cuivre ou de nacre, un ciel de tableau vénitien ou hollandais, selon la saison, ambre ou opalise ce décor aux arêtes coupantes.

Quand ces magies atmosphériques commencèrent-elles à m'émouvoir ? Le sais-je ? De ce ciel, j'aurai vu faire de la bien bonne peinture, depuis qu'il m'inspira mes barbouillages d'apprenti sur des galets presse-papier. Les incidents les plus décisifs de ma carrière m'auront surpris à Dieppe. Mes penchants, c'est peut-être la situation de cette ville qui les détermina. Peinture, musique, littérature, et vous, démon dévorateur de la causerie et de l'écriture, pourquoi m'avoir tendu à la fois vos pièges, avant de m'écarteler ? Si le hasard fit que je ne suis point né à Dieppe, Saint-Jacques devint ma paroisse, sa nef un oratoire propice à mes méditations – aujourd'hui le rendez-vous des plusieurs moi que je tâche à reconnaître dans les méandres de ma vie spirituelle. Pour livrer aux lecteurs quelques souvenirs sur une petite ville où tant de choses lui sont advenues, où il connut trop de personnes dont il aurait pu subir l'influence, l'auteur, contraint à choisir parmi les moments les plus sensibles à son cœur, devra sauter par-dessus des décades. Dieppe a été son boulevard. Le risque, c'était qu'entraîné par trop de passants, il se dispersât.


Des amis de mon père, puis des cousins demeurés en Normandie, comme le reste de notre famille, recueillirent, à la moindre alerte qu'il donnait aux siens retenus à Paris, l'unique survivant de trois frêles rejetons. Ainsi, né dans le Passy quasi provincial d'alors, ce faux Parisien fut formé par la véritable province, par des traditions et un esprit à peu près perdus. A Dieppe, peu de portes qui pour lui n'évoquent une figure, un nom. Nous ne serons bientôt plus guère, ceux pour qui la rue Victor-Hugo restera toujours la rue des Tribunaux ; la rue du Général-Chanzy, la route d'Arques ; la mercerie du Puits-Salé, « chez Boiservoise » ; la chausserie-confection, « la cordonnerie de M. Moncond'huy ». Des *afternoon-tea-dancings*, des cinémas font rutiler leurs banderoles sur de vénérables porches. Le peintre en bâtiments charrie des échelles et des camions de rue en rue, à fins de camouflage. Mais, ô Dieppois naïfs, badigeonnez de rose le moellon et la brique, revêtez d'un simili-colombage les façades vouées au jaune nankin réchampi de blanc par une ordonnance du XVIIe siècle, livrez-vous à votre fantaisie bouffonne, nouveaux propriétaires : vos maisons à arcades, si séantes (vues du dehors !), percées de vastes fenêtres aux petits carreaux, ornées de ferronneries, ni vous ni vos édiles ne réussirez à en pallier l'inconfort intérieur. Rasez-les plutôt ! Sinon vos escaliers resteront de poisseux colimaçons, vos courettes ne recevront jamais qu'une avare aumône du zénith, comme les ghettos de Venise et d'Amsterdam. Déplacez donc la ville d'Ango et d'Abraham Duquesne, puisque à votre odorat répugnent les relents suspects de l'évier, la friture et la lie des pommes à cidre ! Les détritus ménagers – sans omettre d'autres matières animales – blessent-ils votre délicatesse ? Eh quoi ! on allait se guérir chez vous de tous les maux qui affectent l'épiderme, voire de la folie et de la rage, depuis Henri IV, qu'avait mordu Fanor, son chien favori ! Mme Récamier, la comtesse de Castiglione, les belles de la Restauration et de l'Empire se logèrent dans les meubles que vous troquez contre du Dufayel. A nous autres, on enseigna que le vent de mer purifiait tout, que rien ne corrompait l'eau cristalline dont la source est à Saint-Aubin, glauque nymphée dans les saules de la Scie.

La première des maisons où je fis mes rêves d'enfant offre l'une des façades les plus intactes du quai Henri-IV. Fut-ce la Vicomté, ou la « coutume » des archevêques de Rouen, seigneurs de Dieppe ? « *Quantum mutatus ab illa* ! Si je la contemple souvent du trottoir de la gare maritime, cette maison dégradée, je ne puis que m'imaginer d'après maints autres l'appartement de M. D..., armateur, et de son épouse, qui m'hébergeaient : la paire de conques roses sur la cheminée, les modèles de voiliers en ivoire, les fleurs en perles sous globe, le baromètre à sujet, les têtières en losanges d'étoffe. Les D..., ces dignes gens, sont morts il y a plus d'un demi-siècle. On visite encore, dans leur cour, le plan, en bas-relief, de la ville d'Anvers, une des reliques locales, dont j'ignore la provenance, mais qui m'incita à entreprendre mon premier voyage d'adolescent. J'aimerais finir mes jours avec le diorama devant moi, qu'aperçoivent, des étages supérieurs, les locataires d'immeubles contigus. Une estampe de Joseph Vernet rend avec exactitude le dessin et l'atmosphère de l'avant-port, le collège et sa chapelle, les arbres de la Tour-aux-Crabes, et, de cette maison que j'envie, le fronton triangulaire, l'œil-de-bœuf central, les fenêtres cintrées de son mezzanine. Elle est flanquée de bureaux de changeurs, de *shipsbandlers*, d'échoppes de cordiers. Quand Eugène Delacroix venait à Dieppe noircir de notes son album à croquis, c'était là, hôtel d'Angleterre, poste des diligences, qu'il logeait. Les voyageurs s'y restauraient, avant ou après une traversée à bord du paquebot de Newhaven. Toute l'activité indigène et étrangère aboutissait à l'avant-port. Sous les arcades de la Halle aux poissons, en rangs serrés, les tables volantes des traiteurs ; sur le carreau des ventes à la criée, un rassemblement bigarré de matelots et de filles publiques, de lazzaroni en haillons attendant l'heure du reflux pour haler à la corde, jusqu'au bout des jetées, les navires en partance. Les pilotes, en un charabia fait de plusieurs langues, discutent le prix de leurs services. Capitaine du port, appariteurs et douaniers surveillent ce populo querelleur, épigones d'une race de corsaires. Oserai-je faire surgir une image qui m'obsède, quand je flâne sur ces *Zattere* normands ? Dans la maison que je convoite, je me représente, par les matins d'hiver, le soleil dans les yeux me tirant du sommeil. Au plafond de ma chambre zigzaguent les serpentins d'or que nouent et dénouent sur l'eau gondoles et *vaporetti* imaginaires – ici, barques de harengs, chalutiers, remorqueurs, canoës. Les talons de bois des femmes polletaises emmitouflées dans leurs châles noirs, frappent la chaussée en mosaïque de silex. Si j'ouvre ma fenêtre, l'odeur du goudron et de la vase dont s'engluent les pilotis des débarcadères me transporte en pensée dans les parages de la *Giudecca*. Est-ce une légende ? Les Polletais auraient été une colonie de marins venus des lagunes de l'Adriatique. Quoi d'étonnant à ce qu'ici ?.... Mais n'insistons pas sur de simples correspondances – quoique suggestives non pour moi seul, j'en prends à témoin Walter Sickert, peintre exquis de Venise et de Dieppe, où il a conquis un double droit de cité.

Au temps que j'étais sous la tutelle de mes cousins le Dr et Mme L..., une bourgeoisie composite et *importée* se façonnait, moins hostile à ce qui n'est pas dieppois depuis plusieurs générations, moins monacale que celle de ces D... de ma petite enfance, qui n'avaient peut-être jamais vu la ville de tous les vices : Paris. Ce particularisme prude et réticent aura été lent à fondre, comme ces banquises que rencontrent les transatlantiques, et qui refroidissent jusqu'aux cabines les mieux chauffées. La « société » n'en fut que

plus drôle à observer, quand elle se recruta surtout dans les «
carrières libérales » : notaires, médecins, magistrats. Le sous-préfet –
ils étaient tous « recevables » alors – quelques fonctionnaires, les
directeurs de l'enregistrement et des domaines, celui de la Fabrique
nationale des tabacs, sorti de Polytechnique, l'inspecteur des eaux et
forêts c'étaient des *messieurs*, et leurs femmes des *dames*. Les officiers
détachés de la garnison de Rouen devaient montrer patte blanche,
s'être fait dûment « introduire », comme dans les préfectures s'ils ne
sont de cavalerie. Moins une ville sans une vieille aristocratie, sans
d'exceptionnellement grosses fortunes, a de raisons pour se montrer
exclusive, plus les règles de préséance y sont subtiles, parfois
comiques en leur arbitraire. Les banquiers constituaient la «
première société », très à part des négociants que l'on ignorait,
hormis quelques notables de l'importante colonie britannique ; ces
Anglais condescendaient sans plaisir à ouvrir leurs salons à
quelques bourgeois de la ville.

Nous venons d'écrire : sans aristocratie. La région est riche en
châteaux, quelques-uns encore appartiennent à des familles illustres
de France. Mais la petite noblesse proprement dieppoise consistait
en une « bourgeoisie d'échevins, d'armateurs, commerçants fort
récompensés par Henri IV et Louis XIV, qui quittèrent le négoce et
acquirent avec leurs fonds des terres sur lesquelles ils furent, et où
leurs descendants vivent encore » lisons-nous dans les *Mémoires
Chronologiques de* 1783.

Trop tôt, j'appris à peser la valeur sociale de chaque individu selon
des conventions d'époque et de pays : en Angleterre, et dans ce
microcosme qu'était Dieppe. Que voulait-on dire par « carrières
libérales » ? me demandais-je. On ne recevait pas les « marchands »,
et pourtant les Anglais, qui tenaient le haut du pavé, n'étaient-ils
pas des négociants en grains, des exploiteurs de marne ? Eux, qui
n'auraient été que des *nobodies* dans leur île, se prévalaient de leur
rang d'insulaires pour parler comme des magnats à leurs confrères
dieppois. Ils occupaient les meilleurs hôtels privés, qu'ils
aménageaient à l'anglaise. Ils avaient leurs fournisseurs attitrés. Les
autres vieux hôtels avaient été achetés par les banquiers et les
notaires, anciens anoblis devenus chasseurs, agriculteurs, de
tournure et de langage quasi-paysans, mais qui gardaient pour
l'hiver un hôtel à Rouen. Sur leurs jolies maisons des paroisses
Saint-Jacques et Saint-Remy, des panonceaux désignaient les études

de notaire et d'avoué ; des affiches de ventes publiques maculaient les lambris du rez-de-chaussée. Les antiquaires guettèrent les rampes en fer forgé, les trumeaux, les tapisseries au petit point, comptant sur l'ignorance de ces bourgeois, supposés avares et sans souci d'embellir leurs logis. En effet, on ne voyait point chez eux d'objets décelant un goût personnel, nul livre, nul ouvrage oublié sur un guéridon. Des sièges sous housses étaient rangés le long des murs comme dans un parloir. Les maîtres se tenaient dans « la salle » après les repas, quand Monsieur ne retournait pas à son bureau, Madame à sa chambre. Mieux gardée que leur coffre-fort, l'intimité de ces gens prudents, soupçonneux, était à peine consentie à la famille et à un très restreinte « clientèle ». Entre filles et garçons, même cousins, une politesse cérémonieuse équivalait à n'avoir pas de rapports du tout. Une de mes jeunes cousines que j'embrassais me mordit l'oreille, pour me guérir de mon envie : nous avions cinq ans. Et quels deuils se succédaient, longs et rigoureux !... En tant que changement de toilette, les femmes disaient n'avoir qu'à raccourcir ou à rallonger d'éternels crêpes.

Il semble qu'il y ait eu, en Normandie, un code déterminant la mimique et les regards des gens dans la rue, pour les personnes qu'on y croise, selon qu'on les reçoit ou qu'on ne les invite pas ; regards brusques, contrits, désolés ou évasifs, et, si même sympathiques, jamais appuyés ; quelquefois si distants que celui qui les provoquait pensait avoir commis un attentat à la pudeur. Un jeune couple tel que mon cousin le Dr L... et sa charmante femme (une Rouennaise comme de juste) était plus dégourdi. Néanmoins, je lis dans une lettre retrouvée de mon père ces admonestations : « Tu te plains du manque d'amabilité de tes bons hôtes, commence donc par leur témoigner plus de tendresse et de confiance, mon cher petit ». Nous fréquentions le sous-préfet, quelques fonctionnaires qui n'étaient pas sans cesse en instance d'avancement ; et ceux qui partaient n'ambitionnaient que de revenir plus tard prendre leur retraite à Dieppe. J'ai conté, dans *Idéologues (Mme Vigneaux-Durochet et Jeanne d'Arc ou Il n'y a que le premier pas qui coûte)*, l'aventure d'une de ces mondaines provinciales, veuves presque centenaires de fonctionnaires, qui tenaient, encore récemment, cercle de whist chez l'aînée, leur présidente, gardienne des lois de la sociabilité. Ces dames, entraîneuses de ma cousine L..., avaient dû être les étoiles fixes d'une classe hardie de bourgeoises, affamées de concerts symphoniques, de soirées théâtrales, qui, se frottant aux élégances étrangères durant la*saison*, languissaient après la clôture des bains, quand il leur fallait transporter leurs ouvrages de tapisserie chez l'une ou l'autre, au lieu de bavarder dans leurs tentes sur l'estacade. Huit mois sur douze, Paris et l'univers leur étaient amenés là, comme sur un trottoir roulant. C'est avec leur face-à-main braqué sur les toilettes des baigneuses *chic* qu'elles s'élevaient à la Connaissance, et plus d'une rêvait, dans son alcôve, des plaisirs tentaculaires de la saison défunte, escomptant ceux de la prochaine : la réouverture du bazar du Casino, le déballage du couturier Marion, concurrent de Worth, l'apparition de la première liste d'étrangers dans la *Gazette Rose*. Double vie fatale des résidents de stations balnéaires !

Mais Dieppe se targue de n'être point une bourgade comme Vichy : on prétend s'y suffire à soi-même. D'où l'ironique curiosité de miennes parentes à l'égard des oiseaux migrateurs dont elles épiaient du dehors les grâces désinvoltes, à travers le brise-bise du*Royal*, à l'heure des dîners. Les tables fleuries de cet hôtel fameux, « l'un des plus chers d'Europe », les candélabres premier Empire du restaurant excitaient mille convoitises chez les jeunes gens. Si nos parents pinçaient les lèvres, haussaient les épaules, ils n'en restaient pas moins cloués aussi sur le trottoir de la rue Aguado, après une frugale collation prise à sept heures sous l'abat-jour vert de leur lampe Carcel. Mon cousin, « médecin des Bains », nous désignait les personnages notoires, des nababs, ses clients, qui dépensaient par quinzaine, chez l'hôtelier Larçonneux, élève et gendre de l'illustrissime chef Lafosse, des sommes suffisantes pour entretenir les œuvres charitables de ma cousine. Pour la Manufacture de dentelles, pour Notre-Dame des Flots, les dames patronnesses quêtaient à l'église, préparaient, dès l'hiver, des ventes annuelles, des kermesses qui les rapprocheraient quelques minutes des Belles dont elles n'eussent, sinon, examiné les bijoux qu'à travers la buée des vitres du *Royal*.

Longs crépuscules sur les pelouses et la rade ! Ma cousine avait mis sous clef sa demeure, sise rue d'Écosse. La dernière bouchée avalée, j'avais hâte de me faire conduire là où l'on s'amuse. Nous biaisons par le Marché aux veaux. Un ouvrier ferre encore un cheval. Le feu rougit la forge. Combien je voudrais emmener du côté de la mer mon petit voisin, le fils du maître forgeron… (Pourquoi m'interdire de répondre à ses signaux, quand il m'invite à descendre de mon balcon barboter dans le ruisseau ?) Mais on m'entraîne par un autre chemin ; nous prenons le plus court : la rue du Géant, la rue Péquet aux sombres échoppes. Les mansardes sont déjà closes. Les cloches de Saint-Jacques versent sur les toits feuille-morte le branle de l'angélus. Ma cousine n'ira pas au rosaire. A cause de l'enfant, on se bornera, ce soir, à s'agenouiller dans la chapelle du Sépulcre. Puis on traversera l'église pour en sortir par l'autre porche. Dehors, le soleil couchant teinte d'orange la place Duquesne, *Piazzetta* dieppoise. Pour la fête de l'Assomption, baraques foraines, carrousels, ménageries, marchands de sucre de pomme envahissent le grand quadrilatère et ses issues. On aperçoit les vigies de l'avant-port, le ciel violet, à l'est, sur le Pollet. Déjà au XVe siècle, les fêtes de la mi-août, les joutes nautiques se donnaient ici. Des trirèmes d'or escortaient le char d'Amphitrite sur un lac factice, où nageaient des naïades. Je possède un lustre à vingt bougies, que les riverains suspendaient à des arceaux sur la voie des cortèges royaux. Plus prosaïquement, les « Assemblées » de ma jeunesse employaient le gaz, les quinquets à huile…

Mais perçons la foule fétide venue des quartiers pouilleux. Les boules de verre, les frégates en verre filé me font oublier le Casino. On me gronde, si je m'arrête devant une loterie. « Ton papa te confie à nous pour respirer l'air de la mer, petit coquin ! Avance, marche donc ! A la plage ! » Les vitrines de la Grande Rue étincellent. Pâtissiers, adorables ivoiriers ; irrésistibles étalages de poupées, pêcheuses de crevettes, statuettes en terre cuite de Graillon, sébiles russes, bêches à équilles – et les vieux bijoux normands de chez M. Rolland, l'horloger que je voudrais dévaliser ! Non, vite, tournons à droite, engouffrons-nous dans une autre ruelle obscure. Dès le coin, le souffle rafraîchit mes joues en feu. A l'autre bout, c'est l'esplanade, l'horizon, la mer, l' « Établissement », les jardins de pétunias et de géraniums. Déjà j'entends les vagues qui se brisent sur les galets. A contrejour, les dômes du Casino, dans la brume, prennent un galbe oriental. Là-bas, à l'occident, une autre fête des yeux : le Château, indigo, profile ses tourelles sur les nuages incendiés. Les dîners de table d'hôte s'achèvent. Des files de dames en chapeau de paille de riz, en jupe crinoline et burnous d'Algérienne, s'acheminent vers le bal ou le concert, au bras de gentlemen à favoris, un manteau sur le bras – parfums très doux, dialogues en anglais, en langues inconnues. Aux balcons des hôtels et des villas, shalls écossais sur de la mousseline blanche. Le docteur L. nomme les aristocratiques possesseurs de cette maison à terrasse, de ce pavillon devant lequel piaffent les chevaux d'une calèche, d'une victoria ; le tigre, haut comme une botte, de M. le comte d'Osmont, saute sur le siège d'un tilbury ; les postillons de Mme la baronne de Poilly sont en selle. A l'hôtel du Rhin, S. A. I. la princesse Mathilde doit recevoir. « Est-ce la Patti, qui chante, ou Christine Nilsson ? Écoute, écoute ! » L'affiche du théâtre annonce *La Grande-Duchesse de Gérolstein*, opérette de Meilhac et Halévy, musique d'Offenbach.

Ces galas étaient des adieux, la fin de l'Empire ; la guerre disperserait demain « les belles familles » pour lesquelles ces programmes étaient organisés – au grand dépit des citoyens mêmes qui exultèrent lors de la proclamation de la République. S'ils avaient exploité les « étrangers », vécu de leur faste, les mêmes démocrates frustrés feignirent l'indifférence, quand les quinquets s'éteignirent. N'ayant joui que par les yeux, ils s'avisèrent que leur rôle de spectateurs avait été quelque peu celui des pauvres devant le restaurant du *Royal*. La légende fameuse de J.-L. Forain : « Tiens ! ma table est prise » ne fait plus rire ; cette espièglerie gouailleuse exprime un sentiment éternel qui s'affirme parfois férocement.


L'analyse que Proust a faite de ses émois juvéniles quand, tout enflammé pour la petite Gilberte, il attendait d'être invité chez les Swann, me reporte à mes années d'apprentissage.

Le temps était venu des leçons de danse et de ne plus piétiner, en ronde, au bal d'enfants. M. et Mme Cellarius tenaient un cours de maintien dans la salle des Bains Chauds, construits par Mme la duchesse de Berri. Sous les girandoles et les pâtisseries dorées du plafond, on nous enseigna les « quatre positions », le quadrille des lanciers, la polka, la redowa, la valse et la scottish. Les Cellarius nous inculquèrent aussi quelques notions indispensables à un fils de famille qui s'avance sur le parquet ciré de ses hôtes : « Laissez errer vos regards sur la société, à gauche quand votre pied droit est en avant, le regard à droite quand c'est le pied gauche. » L'invité procède ainsi jusqu'à l'instant fatidique du salut aux maîtres de la maison. Alors, il esquisse deux pas en avant, puis deux à reculons, le torse gracieusement penché ; il relève la tête, salue ; enfin, d'un geste aussi naturel que possible (mais qui nous faisait crier, car Mme Cellarius manquait de nous démettre le poignet en le voulant assouplir), le cavalier présente un bouquet enveloppé de papier à dentelle. Pourquoi tairais-je que je fus le chouchou de ces anciens maîtres de ballet de l'Opéra ? Auteurs de *La Danse des Salons*, illustré par Gavarni, ils me décernèrent comme prix d'excellence un exemplaire de cet ouvrage. M. Cellarius, en habit noir et escarpins, fardé, la barbe noircie, et Madame, en ample jupe de taffetas tourterelle, son visage plâtré enjolivé d'accroche-cœur bleus, m'épouvantaient comme la momie en cartonnage, figure où l'une des élèves s'enfermait pour choisir son cavalier. A mon génie de valseur, bien que je n'eusse que sept ans, mes maîtres faisant honneur, je prenais part au cotillon. Mais j'avais mes exigences !... Entre tant de ces jeunes élèves de Terpsichore, il en était une, et point deux, pour qui j'entretenais une gênante partialité ; toute autre que ma Gilberte me choisissait-elle comme partenaire, je fondais en larmes, poussais des hurlements, m'enfuyais vers les banquettes de l'estrade, où je me blotissais sous l'aile tutélaire de ma cousine. Mme Cellarius cédait à mon caprice ; je redescendais faire un tour de valse avec ma dulcinée.

Les parents de *ma* Gilberte, qui s'appelait Sophie, habitaient la tour enchantée qu'était pour moi leur villa, accrochée aux flancs de la citadelle. Cette villa à peine moins rudimentaire que les autres, passait pour la plus dispendieuse, et mes cousins la jugeaient digne de loger la cour des Tuileries, puisqu'on y avait des baignoires, de l'eau courante, des tapis d'Aubusson, des crédences de Boulle. Bref, c'était la *Villa des Terrasses*, dont les jardins en étages serpentaient jusqu'à la corniche de la falaise. Parfois, j'accompagnais ma camarade de plage jusqu'à la porte cochère ; deux valets de pied l'ouvraient, la refermaient sur moi et ma bonne. Ma Gilberte et sa miss m'avaient donné rendez-vous au Casino pour le lendemain, mais oncques ne m'engagèrent à les suivre dans le royaume des mille et une féeries où trônaient le baron et la baronne. Quels étaient les plaisirs de l'héritière présomptive ? Quels, les bienheureux courtisans en herbe qui, selon les récits de Gilberte, ayant audience chez elle, mangeaient de ces tartes aux pommes et à la crème d'amandes, spécialité d'un ancien chef du Khédive, le cuisinier de sa maman ? Selon Gilberte, les gâteaux des pâtisseries empoisonnaient les enfants. Dans quel écrin reposait ma Gilberte, ce joyau rose ? Je me perdais en conjectures sur l'étiquette familiale, selon laquelle ma chérie devait, tout à tour, se montrer si bonne fille avec moi sur le galet, ou au cours Cellarius, et assumer un ton si altier au seuil de la villa des Terrasses. Combien elle était plus intéressante que les petites filles de la ville, mes compagnes, avec leur air d'orphelines au couvent, leurs longs pantalons de calicot dépassant de longues jupes, et coiffées d'une résille que maintenait un peigne rond ! Les robes de ma Gilberte étaient courtes, ses jambes nues ; à son col découvert tintinnabulaient des médaillons, de minuscules sabots émaillés, pendus à une chaîne ; ses boucles blondes s'emmêlaient aux guipures de son corsage. Elle était divine et désolante, quand elle me déclarait un quotidien congé : « A quelle heure vous baignez-vous, demain ? Bonsoir ! » et remettait son ombrelle enrichie d'un manche d'ivoire à l'un de ses serviteurs, en frac à boutons armoriés.

Ma reine n'était d'ailleurs que la fille d'un baron de la finance, au nom germanique. Mes cousins me disaient : « L'habit ne fait pas le moine. » Néanmoins, je gage qu'ils m'eussent permis de goûter, avec ma Gilberte, aux tartes servies par les valets de sa mère. Une offre terrible, entre celles si douces que je brûlais mais désespérais de recevoir, me fut octroyée, un soir, par l'institutrice de Sophie, au retour d'une de nos promenades, dans la voiture attelée d'une chèvre blanche harnachée de cuir rouge, l'équipage de l'héritière du baron… « Voulez-vous déjeuner au *Royal*, avec Mme la baronne et quelques enfants ? Il est bien entendu que vos parents ne viendront pas avec vous… » Ceci, qui allait de soi, car mes cousins, s'ils avaient été priés aussi, n'eussent pas accepté l'invitation, les froissa si fort que je dus, sur leur ordre, renoncer à ma liaison de plage. Les jupes blanches de Gilberte se confondirent dans un nuage de tabliers blancs. Je ne bougeai plus, dorénavant, quand elle me faisait signe de venir pêcher la crevette avec elle. J'obéissais ; de même que lorsqu'on m'ordonnait, Dieu sait pourquoi, de détourner mes regards du petit forgeron sur la place du Marché aux veaux. Mais Elle ! Je la contemplais, à l'insu de ma cousine, je balbutiais un adieu, « m'éloignais, emportant pour toujours, comme premier type d'un bonheur inaccessible aux enfants de mon espèce, de par des lois naturelles impossibles à transgresser, l'image d'une petite fille blonde à la peau parsemée de taches de rousseur, qui riait en laissant filer sur moi de longs regards sournois et inexpressifs... » (*Du côté de chez Swann*). – Mais je la rencontrai vingt ans plus tard à Londres, toute dépouillée de son mystère d'antan : une quelconque habituée du Ritz, prête à agréer des hommages moins respectueux.

Chaque enfant tire d'où il peut les thèmes de ses rêveries, divins préludes à l'action. Les plus insidieux, je les aurai extraits d'arrière-boutiques où d'autres ne se seraient point tant attardés. Mlle Julie Potel tenait deux magasins, au bout du quai du Hâble, près du Calvaire des marins. L'Orient m'est apparu là, sous les espèces d'albums chinois en papier de riz, de défenses d'éléphant, de madrépores, d'arbres de corail ; Mlle Potel tenait une pacotille du Japon, des Indes, de l'Afrique, butin des matelots, ses pourvoyeurs. Elle vendait du thé de Ceylan, des services en porcelaine à reflets métalliques dite « luster », du Wedgwood moderne, des théières en métal, devenues communes, mais nouveauté en France après l'Exposition de 1867. La vieille marchande devait être la fille de quelqu'un des derniers corsaires, dont les exploits s'arrêtent vers 1811. Elle nous remontrait, en sa superbe naïve, que les corsaires, ou « butiniers », furent une milice qui s'illustra en ses guerres contre Philippe IV d'Espagne, et combien on s'abusait en assimilant ces nobles *corsaires* aux affreux « flibustiers ».

Il n'était point loisible à tout le monde d'armer en course un bâtiment solide, bien gréé et équipé, et d'obtenir d'un ministre une *lettre de marque*, sur cautionnement de 37.000 francs. Entre deux « courses » sur les océans, les équipages se livraient à toutes sortes de bombances et de prodigalités dans Dieppe et ses environs. La sensible Mlle Potel déplorait que leurs « prises » sur des navires de commerce britanniques eussent parfois été brûlées sur notre plage ; elle se souvenait d'avoir pleuré devant des tas de mousselines brodées du Bengale, de châles de Kachemire, calcinés. les restes d'autres captures artistiques, ainsi qu'une beaucoup plus banale bimbeloterie, que Julie Potel pouvait encore acquérir de loups de mer amateurs, non corsaires, excitaient en moi les pires instincts ; quand elle me les montrait, je les eusse volés.

Le quai du Hâble, bordé de cabestans rouillés, de nasses pour la pêche à la plongée ; les ruelles adjacentes que balayent les vents du nord-est, où les chaleurs de la canicule sont tempérées par la brise, me semblaient le cadre idéal pour un petit musée secret de ces richesses exotiques, lesquelles entraient en contrebande par le chenal, dans les flancs des cargos. Les oisifs commencent leur journée par un tour à la poissonnerie, musardent autour de l'avant-port en surveillant les pêcheurs des quais. Mais l'appât dont ils ne se lassent point, c'est la causerie météorologique avec les gardiens du phare et du sémaphore, sur la jetée d'ouest, quand les hautes volutes et la salive écumeuse de la mer démontée n'en interdisent pas l'accès. De la rotonde en granit, à l'extrémité de cette jetée, par des nuits d'orage, Eugène Delacroix étudiait les effets de la lune sur les flots ; je connais des aquarelles qu'il n'a pu exécuter que là, des soleils couchants dramatiques sur le bois de sapins de Varengeville, la pointe d'Ailly. Une vaste ceinture de falaises, mangées par les marées, entamées par les éboulements, part des dunes du Pas-de-Calais pour rejoindre l'embouchure de la Seine.

L'emplacement des boutiques ensorcelantes de Mlle Julie Potel et des hangars de cordiers est recouvert par les jardins et le manège du palais d'un Roumain. Son père, hospodar de Valachie, habitait toute l'année une maison basse, en galets taillés, d'armateur. Quelque temps qu'il fît, il sortait, en bonnet d'astrakan, pelisse de fourrure, dans un cabriolet timbré d'une grosse couronne princière. Il menait ses steppeurs circassiens d'un train majestueux. S'il neigeait, il visitait ses chasses, son haras, en traîneau. Le Dr L. divulguait « les mœurs barbares de ces Orientaux », s'ingéniait à inventer les motifs auxquels les multimillionnaires obéissaient, qui préféraient l'incognito dans leur triste résidence dieppoise à leur splendide hôtel du faubourg Saint-Germain. Pourquoi abandonnaient-ils leurs domaines danubiens à des régisseurs ? Les cousins chuchotaient devant moi : « Le prince X. aurait des concubines, une ribambelle d'enfants. » Or, je localisais, gratuitement, ce gynécée dans une maison voisine de la sienne, au bout de la plage. Un ingénieur du canal de Suez venait de construire dans sa cité natale une soi-disant « villa » italienne, et une autre que l'on appelle encore « mauresque », à cause de son patio et des croissants qui somment les piques de ses grilles. Des treillages, des moucharabiehs aveuglent les fenêtres de ce harem supposé. Je me haussais sur la pointe des pieds pour entrevoir les cellules obscures donnant sur le « cortile », d'où s'élevait le panache d'un jet d'eau. L'architecte du même ingénieur enrichi à Suez avait bâti – disait-on sur son ordre – le temple maçonnique, une ridicule mosquée en briques normandes, coiffée du Croissant. De cet orientalisme ingénu, l'on ne saurait dire quelle transposition allait faire un écolier, quand, à onze ans, il s'initierait à la littérature dans une arrière-boutique de libraire en lisant Victor Hugo. Je débutai par les *Orientales* et la *Légende des Siècles*, contre la volonté de mon maître, qui aimait les poèmes de Laprade et de Bornier.

Je ne puis me lasser de célébrer les arrière-boutiques où s'ébaucha ma culture… Il y avait encore les pianos, les harpes, les violons, les bustes de compositeurs du magasin de M. Godard, chef de l'orphéon. Lorsque Mme Godard me faisait apprendre par cœur des morceaux faciles (mais classiques !) des *Bonnes traditions*– une sélection de *Lohengrin* réduite, le *Mancenillier* de Marcailhou, le *Désert* de Félicien David – d'autres continents s'ouvraient à moi. Si bien que j'ai pu écrire, sans trop de complaisance, que les souvenirs de mes premiers élans me ramènent toujours au havre d'où j'appareillai pour de longs voyages – dont je n'aurai réalisé les plus lointains qu'en songe. Sur le môle de Marseille, porte de l'Orient, les parfums brûlants de l'Ailleurs n'auraient pas titillé les sens d'un jeune Méridional plus que n'excitèrent mes soifs les bouffées tiédies que j'aspirais dans un petit port de la Manche. Je pourrais consacrer tout un livre aux boutiques dieppoises. Certaines me furent comme autant de ces cavernes où Barbe-Bleue enfouissait ses pierreries. En face du marchand de musique se trouvait la boutique des braves Ropert, alors dite « friperie ». Les mêmes magasins, ceux du fils, adjoint au maire, sont encore fouillés par les amateurs, sur la foi de générations d'autres collectionneurs en l'authenticité des surprenantes trouvailles que l'on y fait à si bon compte. Je ne me demande plus par quel hasard tant d'objets étranges auront passé par là : le caractère de la vie locale dans le passé l'explique. Il n'y avait qu'à attendre pour recueillir, sous le marteau du commissaire-priseur, la succession des résidents anglais et d'anciennes familles d'armateurs. Au XVe siècle, de si grande prospérité, les Dieppois, quoique surtout commerçants, cultivaient les beaux-arts, la littérature, la cosmographie et l'hydrographie. Ils ont eu leur « Académie d'esprit », dans le genre des Jeux floraux, mais « dédiée à chanter la Sainte-Vierge » : le *Puy* de Dieppe, ou Podium. L'art de sculpter l'ivoire est proprement dieppois, depuis

1364, lorsque des mariniers eurent découvert la Guinée. Ils se targuaient d'avoir précédé Christophe Colomb en Amérique.

Tous les chemins semblent vous conduire au carrefour sur lequel les Ropert ont leur maison : le Puits-Salé, jadis la principale des innombrables fontaines qui jasent dans le silence nocturne des vieilles rues. Si, pour être descendus une fois dans un hôtel de la plage, entre deux trains, vous restez incrédules à l'égard d'un pittoresque trop vanté, venez et revenez au Puits-Salé, le matin, le samedi, jour de marché, et le soir, surtout en automne, quand le cadran de l'horloge s'allume au café des Tribunaux, dont la terrasse offrit ses tables, ses encriers, à tant d'artistes anglais de l'ère victorienne. Tournez le dos à la rue de la Barre, évitez le choc des cyclistes sans grelots, les horions des travailleurs saisis d'une animation méridionale à la sortie des ateliers. Les promeneurs semblent se croire sur la Cannebière, infatigables à descendre et à remonter la voie triomphale des boutiques. Notez les modulations chromatiques que le crépuscule tire des pierres rongées de Saint-Jacques, oxydées par les embruns ; suivez la lente décroissance des teintes au-dessus des toits en tuiles, des pignons d'ardoises. Puis du regard vous enfilerez la Grande-Rue, qui s'embrase par en bas, s'éteint par en haut dans la cendre du ciel.


Durant la décade qui suivit la chute de l'Empire, Dieppe-plage somnola. Il s'embourgeoisa, devint la station d'été choisie par ces familles d'hommes d'affaires (dont pas mal de financiers israélites) qui soutinrent les premiers pas du gouvernement démocratique, et de certains transfuges de l'orléanisme qui s'y rallieraient. La société de Napoléon III leur céda les demeures rudimentaires dont s'était accommodée son élégance.

Cette phase de notre histoire mériterait d'être mieux connue. Les passions que déchaînait autour de nous la politique, la sévérité des ostracismes prononcés par ma mère, mais que l'amitié fléchissait quelquefois, m'ont été le plus pénibles à Dieppe, durant les vacances, quand certains de mes nouveaux camarades de Condorcet (où l'on m'avait très en retard fait entrer), étaient d'un milieu suspect. Les lunettes, la redingote haut boutonnée de M. Thiers, et l'importante Mlle Dosne inspiraient aux Dieppois respect et crainte, provoquaient de la part de ma famille des critiques virulentes. Je n'en comprenais pas la raison. On m'engageait à admirer les princes d'Orléans, lesquels, revenus au château d'Eu, honoraient Dieppe de leur sympathie. La princesse Clémentine surveillait les ébats de son fils Ferdinand, le futur roi de Bulgarie, quand il pêchait l'équille avec d'autres enfants, comme s'y était abaissée ma Gilberte. Après la sentimentale, j'allais faire mon éducation politique dans l'entourage d'une famille où je trouvai, dès alors, celle que je ne quitterais plus et à qui j'associerais ma vie.

A la villa des Terrasses, longtemps encore restée pour moi la Tour enchantée de l'infidèle Gilberte, les amours de la Patti et du ténor Nicolini avaient ensuite donné un regain de poésie et de gloire. Je n'étais plus le pupille de mes cousins, mais, n'admettant que Dieppe comme « campagne », ma mère s'était installée, en face des Terrasses, chez une Mme Briffard, loueuse de garnis que retenaient pour l'été nombre de familles dites « distinguées ». Oh ! l'étonnante Mme Briffard. Une autre Julie Potel – et sa maison, un non moins étonnant magasin de meubles boiteux, de souvenirs cocasses, de pendules à troubadour, de lithographies napoléoniennes que n'était la boutique du bout du quai. J'eus certaines libertés de voisinage dans ce phalanstère, réputé « comme il faut », mais où de compliqués couloirs, des caveaux voûtés, des escaliers sans autre issue qu'une des chambres ou que le « privé » d'un logement, se prêtaient aux aventures. Élise X..., la « grande » parmi nos camarades, était fille du directeur d'un journal parisien *de gauche*. Elle allait introduire dans notre troupe d'adolescents en vacances, et jusque dans nos jeux, non l'esprit d'envie, mais de dénigrante hostilité à l'égard des familles qui n'étaient point « républicaines ». Ce vocable, honni chez nous, s'ennoblissait, me semblait-il, dans la bouche d'Élise X..., si savante, un si puissant cerveau ! D'une voix enrouée de gavroche, elle nous lisait les journaux. Elle me fit connaître Michelet, l'histoire de la Révolution. Grimpant sur une chaise, elle nous adressait des discours subversifs. Il fallait répondre à ses questions, chacun de nous étant tour à tour Mirabeau, Barnave, Saint-Just ou Robespierre. Elle voulait nous faire jouer des tragédies, Élise serait la Charlotte Corday de Casimir Delavigne. Protestante très calée sur le dogme, elle tâcha d'entamer notre foi, car nous autres « Romains » croupissions dans « les ténèbres de la superstition ». Notre « obscurantisme » nous valait des brocards cuisants de la part de cette aînée qui, plus tôt renseignée que les autres filles quant aux fonctions respectives des deux sexes, se mit en devoir de déniaiser ses camarades. Je lui dois ma première cigarette, n'ayant pas osé d'aller jusqu'à la pipe en terre dont cette virago garçonnière et démocrate, magnanime, invitait à tirer quelques bouffées le nigaud que j'étais.

D'un côté, la maison Briffard faisait face à l'entrée des artistes derrière le théâtre. Élise était dans les meilleurs termes avec une costumière. Je crois qu'à sa suite je pénétrai, par les coulisses, dans un autre monde du merveilleux. Il n'y avait pas à barguigner, lorsqu'elle décidait d'une équipée. La villa des Terrasses était vis-à-vis nos fenêtres. Quand Gounod, en septembre, venait chez ma mère, il chantait *Faust* et *Roméo et Juliette* avec Adelina Patti, faisait répéter Nicolini, aux Terrasses. Élise me fit observer, une nuit, l'échelle de corde au moyen de laquelle le ténor se rendait chez Adelina, femme du marquis de Caux.

Nous savions la topographie des lieux ; notre entraîneuse mobilisa son équipe pour la prise de cette Bastille. Elle s'était mis en tête que, par les toits, quiconque n'avait pas le vertige pourrait, en chaussant des sandales de bain, observer par des lucarnes – qui sait ? se glisser dans des intérieurs où il y aurait « quelque chose de rigolo à voir ». Les garçons ne se risquèrent point à ces tournées policières, mais les filles prétendirent qu'elles s'y étaient écorché la peau, pour ébahir ces pleutres qui restaient chez eux, penchés sur leurs devoirs de vacances. La Bastille à explorer, c'était, aussi bien que la villa des Terrasses, la citadelle qui la surplombait – le château fort, d'où la duchesse de Longueville s'évada pour échapper aux gendarmes du roi. Tout ce quartier, alors pareil au dessin d'Isabey, mélange d'architecture du XVe siècle, de la Renaissance et de Louis XIV, se terminait en bas, du côté de la mer, par les bastions du Bas-Fort Blanc ; de l'autre, par la porte de la Barre, où des ânes à louer se tenaient à la disposition des enfants sans voitures à chèvres, comme celle que ma Gilberte avait conduite. Les anciennes douves, desséchées, étaient devenues un square qui s'enfonçait jusque sous le pont-levis du château fort, entre de hautes murailles de briques, désespoir des peintres qui s'appliquent à en rendre le rose exquis. Le château servait alors de caserne ; le commandant de la place y habitait. Des sentinelles gardaient la poudrière : obstacle fascinant pour Élise X... et ses chevalières, qui nous juraient avoir délivré d'imaginaires prisonniers. Les créneaux, les longues et étroites ogives de la chapelle-poudrière, les chemins de ronde, quel décor à la Walter Scott, romancier dont nos pères avaient été nourris et que nous lisions en anglais, comme le *Robinson Crusoé*, de Daniel de Foë. Je me demande si les filles et les garçons d'aujourd'hui substituent, comme ceux de mon temps, leur chétive personne à celle des héros que les livres leur évoquent. Sans doute, mais ce sont les Sherlock Homes, les gentlemen-cambrioleurs du ciné, les Belles de New-York. Le culte de la jeunesse doit faiblir pour les grandes figures historiques ou classiques dont nous peuplions la ville de Dieppe, dont nous eussions peuplé tout autre séjour.

Comme Mme Godard ne me suffisait plus, en tant que musicienne, et qu'un pianiste alsacien, M. Anschütz, lisait à quatre mains avec moi, une heure chaque matin, les opéras de Wagner, je devenais assez fier de mon érudition toute fraîche. Inutile de dire que Gounod était trop de notre intimité pour que je ne me vantasse devant lui d'être bien plus *allemand* que *Gounodlâtre*. Il en riait. Sa fille Jeanne me traitait d'idiot. Adelina Patti, Nicolini, pour moi devinrent Isolde et Tristan. Le marquis de Caux était le roi Mark, et dans la citadelle se situa le troisième acte du drame wagnérien. Ce M. Anschütz, nous l'imaginions je ne sais pourquoi (à cause de sa moustache et de sa barbiche ?) un fils naturel de Victor-Emmanuel. Nous voyions des princes partout, établissions des parentés infâmes entre des boutiquiers, des huissiers du Casino, et S. A. le duc de Chartres, alors colonel à Rouen. Il montait à cheval avec la duchesse, faisait de la « mise en main » au manège Pellier. Elise X... prenait ses héros et ses saints dans le calendrier révolutionnaire. Elle les faisait renaître, par le miracle de la métempsycose, dans l'enveloppe corporelle des ministres de la République, de ces « officiels » qui causaient avec son père, et que le journal de celui-ci soutenait.

La Sous-Préfecture et ses nouveaux hôtes cessèrent d'être fréquentés par les « gens bien » de la ville, auxquels les fonctionnaires – même ex-polytechniciens ! – inspirèrent des craintes, à cause de la politique dont ils étaient censés être les soutiens. On vit rentrer dans le manchon des mains qui en étaient sorties avec peine pour se tendre aux représentants du régime. Les regards prirent des nuances, imperceptibles pour qui n'avait été, comme moi, bercé dans le sérail. De ce milieu, trop ombrageux, je m'étais sauvé, non sans avoir été marqué du sceau de la province ; d'où mon innocence, ma crédulité, ces préjugés timides qui, plus tard, devaient faire un fâcheux concubinage avec l'information trop précoce d'un lycéen de Condorcet, entouré en outre chez ses parents de vieillards, presque tous remarquables, et qui le traitaient comme un homme fait.

Une des promenades de mon père, c'était le chemin par la falaise, du Pollet à Puys, où Alexandre Dumas, Mme Carvalho avaient constitué une colonie d'artistes. Carpeaux y avait une cabine. Le statuaire, déjà très malade, faisait poser une femme du Pollet, modèle de *Pêcheuse de moules*, de Vollon – un des succès retentissants de ce peintre oublié, qui décorait de vues de Dieppe et de natures mortes la villa Dumas. En nous rendant chez Dumas, nous ne manquions pas de rencontrer quelque membre de la famille Cecil, les enfants de ce lord Salisbury qui, le dimanche, s'en venait à Dieppe, géant solennel, en chapeau de soie, tenant sous le bras son gros livre de prières. Tous les Cecil partaient à pied, de leur chalet, sous la conduite de l'homme d'État et de la marquise de Salisbury, pour le service divin au temple de la rue de la Barre. La colonie de Puys, et l'autre colonie fameuse de Pourville, devinrent les deux pôles entre lesquels hésitaient les pas de mon père, quand, lors de ses courtes apparitions à Dieppe, il s'agissait pour lui de remplir ses journées de repos. Il y était si peu accoutumé que ma mère devait lui suggérer, à défaut de visites à des amis, quelque malade indigent à secourir.

Cependant, à elle seule, la maison Briffard offrait de multiples ressources, par la qualité des gens qui y fréquentaient. Quand nous apprîmes qu'elle allait être démolie pour faire place à un grand hôtel, ce fut une révolte chez ceux qui s'y étaient acoquinés, comme les miens ; et, parmi mes souvenirs de Dieppe, c'est à la maison Briffard que les plus chers s'associent.

On venait de détruire l'ancien Casino : un petit palais rond, de fonte et de verre, bas, relié à deux pavillons par des galeries couvertes où, quand il pleuvait, les élégantes du second Empire faisaient des parties de billard chinois.

Avec ce cocasse bibelot et la maison Briffard disparaîtraient le bazar, la boutique de Jugelet, peintre de marines, et l'antre du Docteur Faust, je veux dire le studio de mon premier maître, Mélicourt, « peintre d'histoire », émule de Delaroche, un artiste qui, ailleurs qu'en province, aurait développé un talent peu commun pour la composition décorative. Contre les Tourelles et le Théâtre, là où la statue de Saint-Saëns – Dieppois – assied aujourd'hui son bronze sur un socle ambitieux, Mélicourt s'était construit une demeure romantique. Les fenêtres étaient à meneaux ; des mâchicoulis en bois, des créneaux en stuc, des moulages de bas-reliefs sous un lierre jauni disaient au passant : « Sonnez à la porte. Ici l'on peint le portrait et le genre. » Et si vous pénétriez dans le « studio », un crâne humain, une chouette empaillée, un sablier et autres accessoires d'alchimiste vous disposaient à voir sans saisissement le maître de céans : un Bonhomme Noël en rhingrave rouge à brandebourgs, lisant des textes à la loupe sur le vélin d'immenses livres gothiques.

Mon maître était le créateur et le président d'une société des *Amis des Arts*, au Salon de laquelle je fis, à quinze ans, mes débuts d'exposant. Il se tenait à l'Hôtel de Ville, ce Salon annuel qui fut, je crois, l'origine du Musée. Ce musée, dépendance, d'abord, des Bains chauds, fut longtemps le réceptacle de l'étonnante collection Saint-Saëns. Une des plus singulières attractions dieppoises, encore, est cet amas saugrenu de couronnes de laurier, lyres en papier d'or, médailles de concours, diplômes, photographies d'ancêtres du virtuose, instruments de musique, pendules, écritoires, manuscrits, lettres de félicitations, tapis, table de nuit. Tout ce que l'ex-enfant prodige, dans son innocence, avait pu croire « historique », il le réunit dans une salle. Le glorieux Camille (qui connaissait la maison de Gœthe, à Weimar), sans doute se tenait-il pour l'égal d'un Beethoven ou d'un Mozart. Le *Samson et Dalila* avait été représenté en Allemagne, peu après la guerre. Saint-Saëns, à son retour, fut sifflé quand, chez Pasdeloup, il monta sur l'estrade pour exécuter un de ses concertos. Dieppe lui devait une revanche. Il vint s'y produire avec moins de risque, dans une « ambiance familiale ». Il devenait la grande illustration locale, chacun l'appelait par son petit nom ; ses concitoyens citaient ses mots gentils, ses farces désopilantes. Mais n'eus-je pas l'audace de suggérer qu'on devrait ajouter, dans la salle Saint-Saëns, le piano aux cordes rompues sur lequel j'avais vu Franz Liszt se livrer à un extravagant pugilat ? Ineffaçable image ! On me l'a dit depuis, c'était une de ses rapsodies hongroises, que Liszt, après un repas, s'était plu à exécuter sur le chaudron des Bains chauds. Le directeur du Casino, Darche, grand-père de camarades à moi, logeant l'illustre maëstro, j'avais, par hasard, assisté à cette mémorable séance. Mais ce fut beaucoup plus tard que j'en sentis tout le prix. Franchement, les longs cheveux blancs, la haute taille, l'apparence hoffmannesque de ce briseur de claviers, je les confondis un peu avec la figure du « Lucifer » auquel M. Darche, au cours de tant de fêtes dont il nous régalait, faisait traverser les flammes sur les gazons du Casino. Un diable ignifugé, mais d'une contestable incombustibilité, dansait, gambadait sous les arceaux d'une pergola enduite de pétrole, tandis que Ruggieri tirait un de ses ravissants feux d'artifice, et que le Château s'embrasait ; des cascades pyrotechniques coulaient des remparts de la citadelle, sur la plage ; et de montgolfières lumineuses partaient des fusées dont nous recueillions les baguettes jusque dans la cour de la maison Briffard. Prudemment, on y retenait les enfants, sur l'assurance qu'ils y étaient aux premières loges.

Il fallut renoncer, un jour, à l'administration tutélaire, mais peu rémunératrice, du papa Darche ; à sa vieille maison des Bains chauds ; aux douches d'eau salée giclant sur le carrelage d'immondes cabinets noirs ; enfin, dire adieu à ce coin qui rappelait Louis-Philippe, la duchesse de Berri. Un été, environ 1879, nous trouvâmes un *Palace Regina* au lieu de l'immeuble Briffard, une mosquée en guise de casino : des minarets massifs, des horreurs grandioses et pesantes, qui ne tardèrent pas à m'être tout aussi chères que les fragiles décors, témoins de mes ébats juvéniles. J'avais déjà le goût de la nouveauté ! Aujourd'hui, un casino modern-style va changer, une fois de plus, l'aspect du Dieppe balnéaire…

## II

## LE BAS-FORT BLANC

MÉLICOURT, quoique octogénaire, songeait à transporter ses pénates ailleurs, puisque les embellissements du quartier l'allaient chasser hors de son antre romantique. Il méditait un plan de vie où l'artiste et le patriarche auraient chacun sa part. L'artiste, qui souhaitait un atelier clair, silencieux, loin de la foule, loin des piaillements et des pleurs du ménage, s'était ouvert à moi d'un projet de pavillon en planches que, pour quelques milliers de francs, un charpentier assemblerait. Un lieu tout indiqué, c'était le Bas-Fort Blanc, bastion désaffecté de la citadelle. Au pied de la falaise, il s'avançait en proue sur la grève, à l'endroit où un chemin, frayé par les chariots de sable et de galets, descend jusqu'aux flots. A marée haute, les vagues battaient le mur qui portait jadis des canons. Hélas! ces terrains vagues, classés dans la zone militaire, dépendaient du génie. Ce fut le général Séré de Rivières qui, pour complaire à mes parents, fit mettre en vente ces deux hectares d'éboulis, d'herbes et de chardons bleus.La bicoque en planches dont rêvait Mélicourt, ma mère la réalisa ; d'abord sous la forme d'un atelier pour moi, bientôt entouré de chambres pour nous loger tous. Mélicourt, qui déplorait de n'avoir pu exercer plus souvent ses talents d'architecte, fit un « manoir normand ». S'aller faire bâtir une demeure en matériaux « sérieux » dans un coupe-gorge, sans voies d'accès, sans becs de gaz ! Une telle folie devint la fable de la ville. Ce furent des gorges chaudes, puis des menaces, quand les maçons, suspendus par des cordes à je ne sais quels échafaudages, se mirent à tailler, à consolider la crête de la falaise homicide. Derrière le Bas-Fort Blanc, elle était si haute, que les désespérés – filles-mères ou décavés du baccara – la jugeaient propice à leurs funestes desseins. Jusqu'au jour où, par crainte sans doute d'être surpris d'en bas, ou bien de rouler mollement jusqu'aux tapis de fleurs et de mousses tissés par notre jardinier, ceux-là qui voulaient mourir à la face du firmament cherchèrent de plus lointains promontoires, s'allèrent noyer dans le bassin Bérigny.

Peu à peu, le Bas-Fort Blanc se peupla de chalets, devint une annexe de la plage. On pouvait s'y croire hors de la ville, autant dire en pleine mer. On s'y endormait comme dans une cabine de yacht. Les sirènes, les cloches des navires nous réveillaient ; les lames d'équinoxe semblaient rouler des cailloux jusqu'à nos pantoufles. Les soirs de juin, quand la mer sans rides est comme une plaque de cristal, nous entendions la rythmique plongée des rames, les voix distinctes des Polletais dans leurs canots, et la triste mélopée des terre-neuviens allant vers les eaux du cap d'Ailly, où la sole ne sent pas la vase. De chez nous, la ville m'apparut sous des aspects nouveaux.

Si j'ai renoncé à les rendre, c'est que Walter Sickert, quand nous nous rencontrâmes, se les appropriait. Le Dieppe pictural s'incarnait pour nous en Walter Sickert. Son esprit redoutable, la séduction de sa personne nous avaient tous magnétisés, ma mère et notre entourage. Pendant trente ans, nous serait une énigme sa fascinante et fugace individualité aux imprévisibles travestissements. Bien qu'il ait surtout vécu en France, son œuvre y est peu connue. Pourtant, aujourd'hui, les jeunesses artistes « avancées » d'Angleterre le tiennent pour un initiateur ; la *Royal Academy*, par les honneurs qu'elle lui confère, le venge des périodes d'invraisemblables vicissitudes où s'était égratigné son orgueil. Plus tard, quelque Anglais écrira une biographie de Sickert, comme l'on écrit les vies de ces êtres d'exception, voués par le génie aux étranges aventures. Dieppe y remplira des chapitres. Quel que soit le jugement de la postérité sur le peintre, la figure de notre ami stimulera le lecteur épris de romanesque.

Fils d'un danois du Schleswig-Holstein et d'une Anglaise, Walter, en partie élevé à Dieppe, épousait à vingt ans une fille de Richard Cobden, l'économiste. Bientôt divorcé, il passa soudain d'une enviable position sociale à la plus précaire, avec un dandysme byronien, et la souplesse du comédien qu'il avait été quelque temps, dans les tournées shakespeariennes d'Henry Irving. Mais laissons cela. Un 14 juillet, sur les pelouses pavoisées pour la Fête Nationale, j'écartai de lui des voyous qui se moquaient de sa peinture. Après une journée torride, il s'attardait devant l'hôtel Royal d'antan, d'un gris verdâtre sous le ciel où la lune s'indiquait par un anneau rose dans la brume violette… Des tourlourous en pantalon rouge et guêtres blanches se baladaient, avec des filles en jupes claires. Sickert notait les valeurs sur un carnet, le crépuscule ne lui permettant plus de les rendre sur la toile. Je le savais un des disciples favoris de Whistler. J'apprenais mon métier dans des académies parisiennes. Acharné dans mon labeur, je doutais des recettes que me recommandaient mes « patrons » − appellation singulièrement impropre, pensais-je. Walter Sickert m'apporta les méthodes de son maître, quelques règles très nettes.

Mais la présence à Dieppe de Renoir et de Claude Monet augmentait ma démoralisation, par l'inquiétude où me mettaient leurs méthodes empiriques. Renoir était en villégiature au château de Wargemont ; Monet à Pourville-Varengeville, chez Paul Graff, l'hôtelier d'*A la renommée des Galettes*. Chaussé d'espadrilles, coiffé du panama des pêcheurs d'Argenteuil, Renoir paraissait à Dieppe le samedi, jour de marché. Il venait aux provisions dans l'omnibus des Bérard, avec le cuisinier et le maître d'hôtel d'ancien style, qui le traitaient « en copain ». Renoir n'était pas fier, on le savait ! « Monsieur Renoir, vous n'avez pas de caractère ! lui reprocha Degas, à un déjeuner chez ma mère. Je n'admets pas que l'on fasse de la peinture sur commande. Vous travaillez pour la finance, quoi ? Vous ferez le tour des châteaux avec M. Charles Ephrussi, vous exposerez bientôt aux Mirlitons (l'*Épatant* d'alors) comme M. Bouguereau ! »

Renoir était passible du crime le plus noir : l'amitié d'Ephrussi lui valait une clientèle mondaine, peu convaincue d'ailleurs de son talent, mais à qui l'on promettait un « bénéfice énorme » sur l'achat des toiles impressionnistes. Sickert et moi nous sommes demandé, en remuant des souvenirs dieppois pourquoi Renoir avait moins retenu notre attention que Degas ou Whistler. Nous reconnaissions, certes, en Renoir, un maître peintre – mais la fascination d'un artiste sur ses cadets ne s'analyse pas. Nous en étions aux « gris colorés » de Manet. Whistler (enregistrons sans expliquer) nous semblait détenir la « grande tradition ». La polychromie de Renoir, sa forme ronde, amollie par les reflets, ne répondaient pas plus à nos préoccupations que sa charmante simplicité, ni que son bon sens d'ouvrier parisien. A Wargemont, je l'avais regardé peindre les portraits de la famille Paul Bérard, et des fleurs, des fruits, des paysages, ses « pêcheurs de Berneval » comme en se jouant. Les enfants Durand-Ruel posaient pour lui dans un jardin de la côte de Rouen, sous des marronniers aux feuilles mouvantes ; le soleil tachetait leurs joues de reflets incompatibles avec le beau « modelé plat » des éclairages d'atelier. Renoir esquissa pour le Bas-Fort

Blanc, comme il eût écrit un autographe sur l'album de ma mère, des panneaux décoratifs (Tannhaüser et Vénus) dans le genre de Fragonard voluptueuses nudités, Cupidons roses, que nous appelions des « fondants de chez Boissier ».

Je m'enfermais chez moi. Des modèles de toutes classes y venaient poser dans la lumière glacée du Nord et du ciel marin. Souvent, après la séance, ma mère et moi pleurions devant mon ouvrage détruit, cependant que l'orchestre du Casino, les cris des baigneurs batifolant dans l'eau m'appelaient au dehors. Trop de désirs palpitaient dans mon cœur ; si des adolescents venaient pour m'entraîner, je m'immobilisais, par discipline, par stupide renoncement aux plaisirs de mon âge. La chère malade qui, maternellement, peut-être avec trop de sollicitude, me retenait auprès de son tricot, de son fauteuil Voltaire, et de mes pinceaux, s'exagérait l'importance d'une étude manquée, l'inconvenance qu'il y a de gratter le portrait d'une aimable personne que l'on a retenue des heures chez soi, dérangée « pour rien ». Nous prenions trop au sérieux mon existence d'artiste, au régime trop sévère, bien que ma mère l'assaisonnât de son esprit, de son extraordinaire fantaisie...

Notre demeure s'ouvrit de plus en plus à des femmes, à des hommes les moins faits pour me garder en état d'ingénuité conventuelle. Ary Renan, Helleu, Gervex, le « beau » Paul Robert, s'ils aimaient bien l'excellente Mme Blanche et son hospitalité, entendaient avoir toute licence de rire, d'égayer le salon aux sinistres tapisseries flamandes, aux fenêtres fermées. La nuit, les verrous n'étaient plus mis sur la rue de la Grève, les invités avaient chacun sa clef. La bonne dame savait, dès le lendemain, à quelles folies s'étaient dépensées les « heures du repos ». Cette camaraderie de jeunes peintres avec leur amie, très austère mais très souriante et très indulgente, aboutissait à des relations singulières qu'elle se laissait imposer. Peu de réunions furent plus cocasses que celle des déjeuners et des dîners du Bas-Fort Blanc. Infiniment d'esprit s'y sera dépensé, alors que j'étais le plus angoissé des convives. Je viens de classer des lettres de cette époque, presque toutes reçues à Dieppe. Elles rafraîchissent ma mémoire, certes, sans me faire comprendre comment un être jeune a pu travailler, quand il souffrait de tant de façons. Le dévergondage de ce Bas-Fort Blanc, devenu quartier habité d'une façon assez spéciale, en notre Dieppe cosmopolite, fut le contre-pied de ce qu'avait été mon enfance provinciale. Chalet Olga, chalet des Falaises, demeures voisines de la nôtre, aux jardins pelés, aux cours contiguës, pour moi vases communiquant par on ne sait quelle fissure saignante, quelles expériences sentimentales je préférerais ne point vous devoir ! Marcel Proust, vos antennes invisibles captaient nos messages aériens ! Vos « jeunes filles en fleurs », Marcel, leurs sœurs étaient ici, et l'authentique Charles Swann, l'authentique Charlus, beaucoup de Guermantes, des Norpois, des Bloch : tous les caractères de votre *A la recherche du temps perdu*. Le Bas-Fort Blanc aurait pu être votre imaginaire Balbec, autant que Cabourg. Une *Oriane* à moi, et une Odette Swann, succédèrent, dans ma vie dieppoise, à ma Gilberte de la villa des Terrasses. Nous aurons eu les mêmes modèles. Mais il ne sied pas de chercher leur état civil ; ces créatures sont de partout, leurs sentiments sont éternels. De sa chambre noire, le romancier et le poète les a rêvées par delà ce qui se dénomme réalité. *Dreams…*

Un matin, je reçus par la poste deux exemplaires des *Moralités Légendaires*, de mon cher Jules Laforgue, l'un pour moi, l'autre pour Robert de Montesquiou, qui était à La Case, chez les Greffulhe. Elsa, Lohengrin, Hamlet ! Justement, je peignais un Hamlet – ce dont le comte Robert se moquait, car le noble sire qui portait le costume du prince de Danemark n'était autre qu'un employé des douanes, en proie au délire des grandeurs et à la mélancolie. Mais il ne tua pas même un rat, ni personne, hormis sa propre effigie ; je n'eus donc pas à la lacérer comme tant d'autres. Le châssis fut retendu de toile vierge ; quelque pensive Ophélia en flanelle à raies, le canotier perpendiculaire au front et au chignon, a dû s'y dessiner ensuite. Au temps du symbolisme, tout jeune homme *sensible* avait sa crise d'hamlétisme.

Notre esplanade d'Elseneur aura été la rampe accédant au Château de Dieppe. Les habitants de La Case prenaient ce raccourci s'ils rentraient à pied. Robert de Montesquiou, discourant à tue-tête, déclamant pour ses cousines Chimay des pièces encore inédites des *Chauves-Souris* et des *Hortensias bleus*, dérangeait des couples élégiaques qui se croyaient seuls, dans les avoines de la falaise. Cependant, François Flameng, sous les remparts de la poudrière, faisait un tableautin d'histoire anecdotique (des joueurs de boule

Directoire) ; Helleu broyait du blanc d'argent et de la laque de garance, rageait de ne pouvoir rendre « comme un bibelot de Leuchars », comme « un service à thé de chez Jones », les gris d'argent, les pierres, les briques roses, les ardoises de la ville, vue à vol d'oiseau. Helleu, dont les pastels, les sanguines et les pointes sèches faisaient fureur ; Helleu, que Goncourt et Mirbeau signalaient comme un Watteau du XIXe siècle, était un paysagiste impressionniste, tout à Claude Monet. Cette partie de son œuvre, très abondante, il ne l'a jamais exposée. La collection de paysages, que Proust contemple avant son premier dîner chez les Guermantes, ces toiles d'Elstir étaient des Helleu, Pissaro, Renoir, Claude Monet, Thaulow, Gauguin, Boldini, Whistler, Helleu, Sickert, à peu de distance les uns des autres, pressaient des tubes de plomb sous le ciel dieppois. Pas un qui ne montât au Château avec sa boîte à couleurs. En bas, la ville, la plage, la mer, les bassins ; plus loin, la vallée d'Arques, fonds vaporeux pour une figure de femme accoudée, un livre à la main.

Dans les hécatombes trop copieuses auxquelles je me suis livré, a disparu certaine petite étude, que je retrouverais comme une de ces photographies instantanées où des silhouettes minuscules d'êtres défunts, saisis en action, nous poignent, quand, soumis à l'influence magnifiante de la loupe, ils revivent soudain. Sur la falaise, du côté de La Case, c'était un cercle de dames dessinant d'après Marie Renard, la rousse des tableaux de Berthe Morisot, qu'Helleu avait installée chez nous, modèle commun à toute la confrérie ; c'était un cours d'amateurs, improvisé en plein air pour les cousines de Montesquiou. Le col entouré d'un foulard citron, Robert, en feutre tyrolien blanc, gants blancs, profile sa tête de d'Artagnan sur un champ de coquelicots ; Gabriel Fauré, Edmond de Polignac encapuchonné d'un bonnet à la Dante, regardent.

Il est des concours de circonstances qui nous laissent incrédules : ainsi, quand, un auteur évoquant les années de jeunesse d'un Franz Liszt par exemple, nous voyons la rue de Provence, où le virtuose hongrois avait sa mansarde, être le rendez-vous de tant de génies. Sans comparer les époques, ni la valeur des hommes de 1848 et 1890, d'heureuses coïncidences auront fait du Bas-Fort Blanc un observatoire unique, à cause des amis de mon père, puis, plus tard, des miens : Abel Hermant mon camarade de collège, George Moore, Hervieu, Porto-Riche, André Gide, Barrès, Henri de Régnier, Ed.

Dujardin, Pierre Louys, Proust, Debussy, Aubrey Beardsley, Conder, le poète Arthur Simons ; pour ne mentionner que ceux dont les noms commençaient d'éveiller l'attention d'un Robert de Montesquiou. Aux talents qu'il admirait, avec trop d'éclectisme et de partialité à la fois, il dédiait des autels dans un Panthéon dont il se faisait le cicerone enthousiaste, le gardien jaloux. Mais il y voulait avoir sa statue – de même que Barrès cherchait autour de lui l'équivalent d'un salon Récamier, dont il eût été le Chateaubriand. Montesquiou, le ci-devant des Esseintes, soi-disant reclus pour qui le mystère avait été un moyen d'attraction, se tenait aux aguets, rendait, à La Case, les derniers échos de la plage et de la ville. Whistler venait-il d'arriver chez Mme Sickert ?

Il s'avisait que de se faire portraicturer par Whistler serait peut-être opportun. Degas, dans mon atelier, m'avait emprunté des pastels ; en un groupe qu'il esquissa, je figurais avec Sickert, nos voisins Ludovic Halévy et Gervex. Montesquiou boudait, Degas ne l'ayant point prié. Le prince de Galles, incognito, était à la villa Olga. Que se tramait-il en ce cottage anglais de la rue de la Grève, toute l'année ouvert à quelques élus ? « Monsieur Boldini doit y peindre la duchesse C… Je me ferai portraicturer par Boldini ! », songeait le comte Robert, selon qui réclame, notoriété de petite chapelle, scandales chuchotés seraient les fondements de sa gloire littéraire. S'il se dérobait à la tapageuse publicité que Gabriel Yturri lui manigança ensuite, il cheminait en quête de sources plus précieuses ; sa canne à bec de jade était sa baguette de coudrier. Commérages, potins, il les engrangeait en feignant un détachement aristocratique ; se faisait implorer, quand il grillait d'être invité, comme M. de Charlus chez quelque Verdurin. Cet Olga Cottage échauffait son imagination comme si c'eût été le gîte de la Castiglione, fantôme du faubourg de la Barre.

La duchesse C… tira plus impénétrablement les rideaux bleus de ses bow-windows sur le secret de son commerce avec diplomates, financiers, journalistes, princes et futurs monarques. Le général Boulanger, certain soir, à la brune, y vint en landau. Je retrouve ce billet, dont le vélin moucheté d'or enveloppe des instantanés pris à Dieppe par le comte Robert. Les dévots d'*A la Recherche du Temps Perdu* reconnaîtront le « tempo » de Palamède de Charlus, l'impertinence, les cajoleries, la menace :

« ….. Mes faiblesses à l'égard du Pur Oint, et ma magie, ont tendu entre le Bas-Fort Blanc (ce nom à la Paul de Kock apprêterait à rire) et La Case, trois fois princière case puisque j'y dors, un fil d'Ariane. Je puis, d'un mot, couper le courant du fluide qui relie les pieds à la crête de la falaise ; je l'arrêterai dès que comble sera la mesure. L' « Impératrice des Éventails de plumes », la Déesse pastellisée par notre Helleu daigne convier à sa table M. Whistler, M. Sickert, M. Boldini et le Pur Oint ; mais la réponse est : « Nous dînons à la villa Olga, avec Porto-Riche et Arthur Meyer. » Pourquoi pas avec le général *Boulangerie* ? Sur la falaise, sachez, jeune étourdi, que Gabriel Fauré, qui est *moins*, mais qui sera*plus*, peut-être que Frédéric Chopin, nous donna la primeur de son quatuor ; joua de ses barcarolles de rêve, et de sublimes compositions du prince Edmond de Polignac, l'hôte génial de ma divine cousine. Ceci ne vous fait-il pas mourir de regrets, de honte et de repentir ?

Mais ne rompons pas encore le filigrane magnétique. Voici nos commandements de ce jour : Au plus vite, pour samedi, ou pour lundi, car La Case est sans l'*Indésirable* jusqu'à mardi, que M. Sickert organise « quelque chose » (comme dit ma cousine) « la Sauvage », après dix heures, dans ce claquedent de la Titine Lefèvre, où vos artistes sablent le champagne avec les Nibelungen de l'Olga Cottage. Je descendrais *seul* d'abord ; d'amener mes Dames serait un peu *gros* ; nous les rejoindrions ensemble au Casino, dans la salle des petits chevaux. Un hasard rapprocherait les sièges de ma compagnie et de la vôtre, assez pour que l'on se voie de plus près que sur l'estacade, sans risquer, pourtant, d'incongrues présentations féminines – par la faute d'un de vos amis, par la balourdise d'une politesse bourgeoise de ce petit Marcel Proust, laquelle politesse roturière est de l'incivilité. Nous, par éducation, employons le conditionnel au lieu de l'impératif ; mais ne manquez pas d'être notre truchement auprès de *qui de droit*. Comprenez que si l'Art, le Génie, la Beauté sont (pour moi) des titres égaux à ceux du sang, les hôtes de La Case, comblés par Dieu des unes et des autres de ces richesses, si condescendants qu'ils soient, entendent rester libres de regarder, d'écouter, libres d'être regardés, d'être écoutés par des personnes naturellement désireuses de jouir d'un privilège sans second, en cette mi-carême des bains de mer. A l'Opéra, il est des loges à grillage, les nuits de bal masqué. Votre Dieppe est un carnaval, nous voulons nous y mêler sous le domino. Les longs voiles de gaze qu'arborent mes cousines quand elles descendent en ville – et dont, ridiculement, pare son anonyme minois le fretin des jeunes filles, en imitation de nos grandes dames – ces voiles ravissants ne se relèvent qu'avec *ma permission*. Je ne sais si vous et vos amis appréciez à sa valeur le magnifique cadeau que nous vous accordons quand, le soir, par ma volonté, vous entrez dans ce salon de La Case, et que, tous voiles du matin chus, ma cousine, comme un cygne, n'a que ses plumes – éventail, boa, cils – et l'aile de ses bras mythologiques pour se défendre contre d'indiscrets examens.

« Enfin, enfin ! Terminons cette mercuriale de votre grand aîné (point assez respecté) sur des propos culinaires. Un groom ira prendre au Bas-Fort Blanc les pets-de-nonne que la merveilleuse Génevoise de madame votre mère doit envoyer à notre chef ; ajoutez-y de ces pommes de terre formées en baril dont raffole Edmond de Polignac ; il dit n'en avoir mangé de telles que chez les Gounod, chez vous et chez mes cousins Broglie, gens fort ladres et ennuyeux que nous fuyons comme la peste, ici, nous félicitant de ce que nos parents, du gratin embéguiné, qui occupent de nouveau les affreuses villas de la rue Aguado par économie, s'empiffrent aux heures où nous risquerions de les rencontrer sur les planches. Et des deuils, cette année, nous évitent qu'ils n'acceptent les invitations.

« A quand le pèlerinage à la maison du faubourg de la Barre, où la Castiglione habitait ? J'envie, vous le savez, l'épingle qu'elle vous donna quand vous étiez enfant ; je serais même capable d'échanger contre ce bijou *historique* cette rose en ivoire que je pique dans ma cravate. Mais je nourris encore un grief : que me dissimulez-vous la correspondance de la comtesse de Castiglione avec votre honorable père, M. le docteur Blanche ?

« Expectativement à vous.

« Robertus E MONTESQUIVO FEZENSIACO.

« P.-S. – Dimanche, *weather permitting*, à minuit, dans les bois de pins de Varengeville, les chœurs et le corps de ballet de l'Opéra sont mandés par Sagan. Edmond de Polignac dirigera l'orchestre du Casino : le tableau des *Ames heureuses*, d'*Orphée*. Chut ! Chut ! Chut ! J'éprouve votre discrétion. Nous attendons M. Puvis de Chavannes avec M. Ephrussi, son *manager*. »

Je cite cette lettre de 1888 dans un double dessein : elle appartient aux archives de Dieppe, auxquelles je la remets – et elle est typique du *Chef des Odeurs Suaves*. Si étrange que cela paraisse à quiconque ne connaît Montesquiou que par ses livres, Barrès, Proust et bien d'autres « grands » ont subi sa domination. Sans son aide, quelques-unes des fiches manqueraient, qui remplissaient la mémoire de Proust, et lui servirent pour la synthèse de la société de son temps.

La culture, l'esprit de notre des Esseintes étaient fort au-dessus de son talent. Méchant, futile, par ailleurs Robert grandissait les gens et leurs ouvrages, trouvait, en poète, des analogies si inattendues entre les hommes et les faits du jour les plus humbles, ou les plus éclatants, qu'avec lui, tant qu'il vous comblait de ses attentions, vous vous sentiez vivre plus noblement. S'il absorbait de votre substance, vous croyiez qu'il vous en rendait le double. C'était un « animateur », pourvu qu'on ne se laissât pas presser par lui comme une orange, puis rejeter soudain. J'ai su, plus tôt que d'autres immolés, rompre le « fil d'Ariane » qu'il menaçait de couper.

Mes activités dieppoises se compliquaient trop de n'être plus encloses dans des compartiments étanches. Notre maison, l'atelier du Bas-Fort Blanc devenaient intenables, des bouteilles à mouches. J'enviais Sickert, qui louait cinq ou six chambres dont il celait les adresses, des hangars où se cachaient ses maîtresses et ses peintures. Pourtant, un journal de Londres lui commandant une série de portraits en blanc et noir de figures notables, il endossait son complet-jaquette à gros carreaux écossais de chanteur de music-hall, ou l'habit, le soir – et, avec ses manières exquises, conquérait les « célébrités parisiennes » de la villa La Case, gardant son quant-à-soi comique et altier, qui démontait Montesquiou lui-même.

Un autre de mes amis, Édouard Dujardin, me suppliait d'intercéder auprès de Montesquiou et des « notables » ; abonnés possibles à l'édition de luxe de sa *Revue Indépendante*, à la *Revue Wagnérienne* et aux représentations de sa trilogie d'*Antonia*. Il se plaignait, pour ses revues et ses festivals d'avant-garde, de n'avoir que des abonnés de la finance. « Il me faudrait, sur mes listes de patrons, ces beaux noms de Greffulhe, de Caraman-Chimay, de Borghèse, de Sagan, de La Rochefoucauld, de Broglie, de Polowtsoff. Ciel ! ne vous brouillez pas encore avec leur cousin Montesquiou ! Qu'il me donne des vers, je les publierai. » Montesquiou ne publiait pas, accablait de ses brocards le bureau de rédaction de la*Revue Indépendante*, qui était au Bas-Fort Blanc pendant la saison, quand la librairie du Symbolisme, Chaussée d'Antin, devenait trop peu achalandée. Ce périodique de Dujardin, le plus riche en textes, le plus pauvre comme ressources pécuniaires, fut la première des petites revues d'avant-garde, avec sa filleule la *Revue Wagnérienne* de Teodor de Wyzewa. Sur une table de bambou, dans le kiosque de notre jardin, nous épluchions des épreuves d'après les manuscrits de Huysmans, de Mallarmé, de Villiers de l'Isle-Adam. Les auteurs – non payés – de notre magazine n'étaient rien de moins que Heredia, Goncourt, Paul Adam, George Moore, Gustave Geffroy, Laforgue, Viélé-Griffin, Régnier, etc... tous les poètes de ce renouveau révolutionnaire qu'était le symbolisme – et les prosateurs du naturalisme. Renoir, Whistler, Seurat, entre autres, contribuaient par des dessins à l'éclat de ces fascicules aujourd'hui si rares. La librairie de Dujardin inaugura la mode des petites expositions, en présentant quelques toiles des *pointillistes* et de Van Gogh.

Très *Jeune France*, d'un romantisme à la Théophile Gautier, Édouard Dujardin, cuirassé d'un gilet de velours à boutons d'or, en pantalon collant, enfonçait son monocle, poitrinait, à l'heure du bain. Inlassable à la besogne, éditeur et auteur, il écrivait sans répit, même au restaurant, au Casino : des articles sur *Parsifal* que j'illustrai de lithographies, les monologues intérieurs de *Les Lauriers sont coupés*, et ses hymnes à la *Vierge du Roc-Ardent*, la maîtresse de ses pensées – *id est*, Mlle de X..., une de ces danseuses qu'il pressait, le soir, contre son plastron blanc tuyauté. Notre ami girait avec un sourire confit, une rigidité d'apprenti valseur ; et *Les Bacchantes*, valse de Corbin, mettait le comble à son lyrisme. C'était une mélodie sensuelle et triste qui exprimait, selon la symbolique d'Édouard, l'espérance, se gonflait jusqu'au fortissimo des cuivres, s'éteignait, se ranimait, s'achevait en un adieu languide à des embrassements supra-célestes. La *Vierge du Roc-Ardent* (ou l'une de ses sœurs, car Mlles de X. étaient trois à marier), suantes, haletantes, réclamaient des sandwichs, des cocktails, spécialité du bar de *Pépette*, la protégée du Jockey-Club, une mère pour les pochards chics.

Mais le cornet à piston appelle les danseurs. Les petits chevaux s'arrêtent, le baccara est tout aux pontes sérieux. Entre la triple rangée des tentes de bain, des parents ont reconnu une fugitive à une couleur d'écharpe. Ils la hèlent. M. l'inspecteur va lancer ses limiers sur ses pas. Minuit ! On rentre. La faucille de la lune fauche les poivrières de la citadelle. Les corbeilles de pétunias et d'héliotropes sucrent le vent salin, les bouffées huileuses du port. Minuit quarante : la sirène du paquebot pour Newhaven. Les tavernes de matelots s'emplissent, Sickert taille ses crayons.

Claude Debussy guette les fenêtres d'une Dame aux yeux verts, sa *Demoiselle Elue*, dont le mari m'a commandé le portrait. Qui est ce Debussy, prix de Rome, encore sans éclat, que Fauré dit bien doué ? Nous le saurions bientôt.

Demain matin, les Trois Vierges du Roc-Ardent prendront le chocolat et les « roulettes » avec leur maman, au café des Tribunaux. Pendant que Mme de X., veuve d'un préfet de l'Empire, marchandera la volaille au marché, ses demoiselles plongeront des têtes coiffées à la grecque dans l'eau glauque fleurie d'algues brunes, et la journée recommencera, « quotidienne », chante Laforgue, balnéaire, mais symbolique comme ces proses de Dujardin, qui anticipaient sur le surréalisme.

Petit garçon, reconduisant ma Gilberte à la villa des Terrasses, étais-je plus candide que ces hommes faits qui stationnaient à la grille du Casino, près des breaks de la villa La Case, vingt ans plus tard, à midi ? L'heure du déjeuner ! Confusion de classes, saluts, sourires, détente sous le signe de la faim. Les cloches de Saint-Remy sonnent l'angélus.

« Plus ça recommence, plus c'est la même chose. Sont-ils bêtes ! » déclarait ma nourrice bourguignonne, quand, garde-malade de ma mère, et fort vieille, elle devait attendre le retour des mauvais garçons pour faire battre l'omelette aux moules.

Non, ce ne serait pas toujours la même chose ! Les pères, les mères meurent, les maisons changent d'habitants. Un fils se marie, une femme l'emmène ailleurs. Le Bas-Fort Blanc ne me réservait plus que des émotions violentes. Deux deuils cruels, coup sur coup, m'allaient rendre trop pénible le séjour entre la falaise et la grève, témoins de tant d'agitations et de folies. Une fois à Offranville, j'eus de la peine à croire que dans cette plaine de Caux, au retour de chevauchées insensées, j'étais passé si près d'un manoir délabré du XVIIe siècle, où je devais transporter mes dieux lares. Dans *Aymeris*, les dernières promenades en voiture de Georges et de sa mère, que j'ai situées ailleurs, se firent, de Dieppe, souvent autour de l'église d'Offranville. Nous y entrions avec ma chère malade ; elle trempait sa main dans le bénitier, devant la muraille que son fils décorerait d'un monument aux morts, après une autre guerre qu'elle annonçait depuis 1871. Alors, le chalet du Bas-Fort Blanc, vendu avec ses meubles, divisé en étages, serait un caravansérail ; le commissaire de police de la ville occuperait la chambre d'où elle était partie, par une journée ensoleillée d'octobre, pour aller dormir au cimetière, suivie de la Bourguignonne qui m'avait porté dans ses bras, de Paris à Dieppe, et qui lui ferma les paupières.

**III**

**LES ÉPAVES**

LES Dieppois, s'ils n'avaient pas vu descendre d'une roulotte la tribu slavo-norvégienne des Thaulow, auraient juré que ces nouveaux « locataires à l'année » de l'épicier Delamare étaient venus avec les forains du 15 août. Le talent de Thaulow était pourtant déjà consacré. Le brave homme, en un tournemain, devint plus populaire que le consul d'Angleterre, Mr Lee Jortin. Le mirage de la fortune crée vite des légendes dans une sous-préfecture, édulcore les ressentiments à l'endroit des nouveaux venus, d'abord suspects, pardonnés s'ils ont de l'argent en banque... et le dépensent. Des faits précis se répandaient qui, partout, frappent les simples de respect : des caisses pleines de tableaux, cachetées, assurées, recommandées aux agents partaient chaque semaine de la gare maritime pour l'Amérique ; de l'autre gare pour Paris, Berlin, Moscou.

Dans la campagne des citadins pêcheurs à la ligne apercevaient un géant blond et rose, en vareuse bleu de roi, photographiant, pour les rendre en trompe-l'œil, les arabesques ocellées, les transparences mousseuses de la Béthune. L'hiver, sous la neige, le paysagiste ne dételait pas ; sa femme, ses filles, vêtues de peaux comme les Lapons, portaient les ustensiles du peintre. Curieux de ces « phénomènes », on s'interrogeait : « Peut-on les recevoir ? Sont-ils mariés ?

Nous nous sommes trop trompés sur le compte de ces étrangers qui s'implantent chez nous... » Les dîners au champagne de la maison Delamare surchauffée, plaisaient aux notaires, conseillers municipaux, médecins, traités avec autant de faveur qu'un directeur de musée allemand, qu'un Américain de marque ou que le critique du *Figaro*. Serge de Diaghilew venait de Pétersbourg consulter Thaulow pour des expositions ; les revues chargeaient des rédacteurs de lui prendre des interviews sur la philosophie de l'art. Strindberg, Grieg, le violoniste Joachim, Coquelin, Sarah Bernhardt montaient le chemin abrupt du Prêche, pour embrasser le bon Thaulow, sa femme, ses enfants, reluisants comme des pommes d'api, débordants de joie, d'amour et d'humanitarisme ; des porte-

38/48

bonheur en chair et en os, des médailles de Saint Christophe, bonnes à toucher avant d'entreprendre voyage au loin. La colline sud du faubourg de la Barre était un petit Bayreuth, la maison Delamare la Wahnfried de la peinture, de la décoration, de l' « Art Nouveau ».

Une visite de Fritz à ma mère, si rebelle aux drogues, et la malade essayait un régime ! La foi dans le succès, l'optimisme de Thaulow aplanissaient des montagnes. Il m'affilia à des Sécessions d'Allemagne, me harcelant pour que j'exposasse partout, à son instar. Avec Bing, il fondait la « Maison de l'Art Nouveau », et, avec Gabriel Mourey, la « Société Nouvelle » des Galeries Georges Petit. Notre sergent recruteur vantait la prééminence de son régiment, qui était l'élite – *a priori* – des écoles en formation et de celles déjà formées ; une macédoine de « chénies ». Éclectique, il chargeait ses listes d'hybrides candidats, comme ces salades de fruits, de légumes et de crustacés, qu'il touillait sur des nappes norvégiennes chargées de liqueurs exotiques, de zakouskis, de conserves d'Australie, autour des jambons d'York, de monumentales côtes de bœuf coupées exprès par le boucher pour la maison Delamare.

Comme écot, Fritz ne demandait, après ces splendides ripailles, qu'un bout de peinture, un autographe, un livre. Conder décorait sa villa. Les murs, tendus d'un papier de garni, se couvrirent, comme d'autant de miroirs, de portraits de la famille Thaulow, signés Roll, Carolus-Duran. Il y avait, en vrac, des marbres de Rodin, des grisailles de Carrière, des affiches de Chéret, des cahiers de musique, un violon de Stradivarius, un violoncelle, des peluches, des soies Liberty. Fritz admirait tout, sauf les Sickert : ils manquaient de « colorisse », sa peinture était « ennuyeuse ». Entre deux morceaux d'un quatuor (Fritz raclait sa partie d'alto), il courait à son chevalet piquer une étoile, changer de place la lune dans un ciel, puis se réinstallait au pupitre. Inspiration ! « Désordre et Chénie », faisait-il avec ironie et finesse. Les marchands télégraphiaient ; sa production intensive, retenue d'avance, étant enlevée la couleur encore fraîche, il employa le cyntonos, détrempe incorruptible, par crainte des accidents d'emballage. Le ménage, accru d'un enfant à chaque étape de la caravane, malgré ses charges écrasantes prêtait, donnait, faisait un bel emploi de l'argent si facilement gagné, réduisait les xénophobes dieppois au silence. Fritz enfouissait des fonds dans de chimériques affaires : un projet d'éclairage du tunnel des Batignolles par des réclames ; un Metropolitan Railway, à Hambourg ; un tramway électrique de Boulogne au Havre, financé par Berlin ; des fabriques de cycles, de voitures à traction mécanique qui épargneraient « ces pauvres chevaux » ! Hygiène, alimentation, toutes les œuvres sociales transportaient les Thaulow, pourvu que les « nonnes », les prêtres et les militaires n'y participassent pas. Ces pacifistes d'instinct, prêchaient l'union libre, excusaient les mœurs châtiées par « les juges hypocrites d'Oscar Wilde. » Quand le grand homme sortirait de prison, on lui ferait enseigner l'anglais au petit Harald. Le sœurs de Mme Alexandra Thaulow, russe et noble d'origine, servaient en Amérique, où les Norvégiennes bien éduquées s'engagent comme bonnes ; une autre, qui avait été sage-femme en Chine, proposait aux accoucheurs dieppois  l'obstétrique allemande. Mme Thaulow, dénonciatrice de notre « fausse culture », dépassant parfois les frontières de l'intimité par son éloquence de congressiste auprès des « pourcheoises catholiques », ces dames pensaient : « Qu'elle aille en Allemagne, avec ses enfants ! » Néanmoins s'affermissait dans la région la popularité de l'artiste, et du charitable cycliste, qui adressait des saluts fraternels au moindre boutiquier, serrait la main des ouvriers du port, distribuait des cigares, connaissait son Dieppe mieux que M. le maire.

Ces jeunes chiens aux bons yeux tendres, lâchés parmi nous, iraient ailleurs ; la roulotte se remettrait en route.

Mes essais sur Aubrey Beardsley, sur Charles Conder et la vente Rouart, souvenirs du Dieppe balzacien des artistes anglais, se placeraient ici, dans ce livre. Ma toile du Luxembourg représente Thaulow, en manches de chemise, dans son jardinet, d'où l'on découvre la ville ancienne, le port, les usines, entre des arbres et les constructions disproportionnées et bien extraordinaires d'une générale de l'Empire qui eut le délire de la persécution, l'amour de la truelle et des belvédères. Certains murs qu'elle édifia sont de hauts écrans, construits à seule fin de vexer les voisins. Ce quartier en amphithéâtre, aux maisons anciennes enclavées dans de plus récentes, s'étend jusqu'à Janval et rejoint presque Pourville par le plateau et les vallonnements du Golf-club. Le Pré Saint-Nicolas, aujourd'hui vaste *manor-house* sur le terrain même du golf, continué par le domaine de La Case, est une partie du vaste plan d'un rêveur, M. de Saint-Maurice. Il voulait faire de Caude-côte un royaume des sports, pareil aux *country-clubs* de l'autre rive de la Manche. On croirait y être. La rampe des Fontaines, jadis, conduisait aux *links*, aux *courts* de tennis recherchés par la colonie anglaise du faubourg de la Barre, « épaves » sociales dont nous parlons plus loin. Ce faubourg plaît aussi aux négociants enrichis, aux maîtresses de pension. Tout y est tassé, coincé ; des chalets modestes, couverts de vigne vierge, s'insèrent entre d'anciens hôtels, d'ex-couvents à terrasses, tilleuls en quinconces, charmilles. Je me rappelle Beardsley et Conder explorant des sentes, des passages interdits, certaine venelle le long de la maison de la Castiglione. Une dame y demeurait avec une amie ; c'était la « Fille aux yeux d'or ». Ils supposaient, et faisaient croire, en toute gratuité, aux Thaulow, que, par les souterrains de la citadelle, des caves étaient reliées les unes aux autres ; ces créations de leur fantaisie étaient parfois au-dessous de la réalité.

Charles Conder lisait la *Comédie Humaine*, qu'il désirait illustrer de lithographies romantiques. Beardsley, tout aux Alexandre Dumas père et fils, à Théophile Gautier, dessinait sa Mademoiselle de Maupin et des Dames aux camélias, confondant les époques dont Dieppe était pour lui un résumé, le XVIIe et XIXe siècle. Mais qu'était donc le caractère*balzacien*, selon ces jeunes cockneys qui apprenaient, au plus près de chez eux, notre langue ? Le touriste français, depuis que l'automobilisme lui fait connaître son pays, peut se figurer sans peine ce qu'est l'existence locale d'une petite ville de province. Fins de journée en avril, arbres fruitiers, églantiers vert tendre de la semaine de Pâques ; soleil couchant dans une brume tiède. Le paysan sur le pas de sa porte, l'homme de la ville sur un banc du mail reçoivent, tranquilles, les promesses du ciel et de la terre. Ils savent ce qu'ils attendent du renouveau, ce qu'un début de saison leur promet ; ils n'espèrent que le déjà connu. Bonsoir ! ils se mettront au lit un peu plus tard qu'en hiver, se relèveront pour s'acquitter de la même besogne que la veille.

Mais à Dieppe, *les épaves*, ceux qui ont tué le temps, le reste de l'année, à attendre quelque chose, n'importe quoi, la délivrance miraculeuse ; qui vont, à midi, chercher le journal place du Puits-Salé, à trois heures au bout de la jetée au-devant du paquebot ; courent à la station maritime regarder les heureux qui partent ; ceux-là, les empêtrés, les enchaînés, volontés ankylosées, oisifs par vice ou nécessité, attendent *tout*.

Ils attendront toujours la délivrance, quelque succédané de la fuite, un tout petit accident, une catastrophe au besoin. C'est l'hiver passé sans lectures, sans réceptions, sans autre « thé » que le « five o'clock » du pâtissier ou chez la femme du *Parson* – toujours les mêmes figures, les mêmes conversations. C'est la Grand'Rue arpentée en tous sens, matin, après-midi, par la pluie et le beau temps ; et, le soir, la marine-parade sans becs de gaz. Pour l'achat du poisson, on descend en ville ; on remonte, on redescend pour l'achat du journal, des aiguilles, pour voir si les biscuits d'Angleterre sont enfin arrivés chez l'épicier. Après le morne hiver, c'est le faux printemps normand, l'œuf à surprise de la confiserie, l'espoir en sucre candi, en chocolat, que l'on regarde mais n'achète pas. Ce sont les promenades à pied sous les pommiers tardifs, le pèlerinage à la chapelle des Vertus, la campagne, la foire d'Offranville. Chars-à-bancs... « Mais non, nous n'en sommes pas ; nous sommes *les étrangers*. Non, non, fini l'hiver à Dieppe ! Mary, l'hiver prochain nous serons ailleurs ; à Malaga, au Caire, à Liverpool. » Hélas ! à la Toussaint, le porte-monnaie vidé par les petits chevaux, on diffère un départ qui ne se fera peut-être jamais... Huit jours *at home*, à Christmas. Huit jours d'oubli, d'où l'on rapportera plus de nostalgie, avec l'odeur forte de Londres en ses vêtements, un peu de brouillard dans la doublure d'un complet acheté tout fait, des magazines à images au fond de la valise, de quoi renseigner les compatriotes restés à Dieppe, causer de la revue de l'Alhambra, de la dernière musical-comedy, prolonger le mirage de la patrie retrouvée.

Si nous mettions Paris au lieu de Londres, les Folies-Bergère au lieu de l'Alhambra, nous aurions un schéma d'autres épaves du faubourg de la Barre, à savoir des Parisiens, tels qu'il en était alors et qui, soumis à cet *in pace* par motif d'économie, de dipsomanie ou d'hygiène, ne pouvant, ou ne daignant – quoique l'ennui les y pousserait parfois – s'introduire dans les milieux les plus gais de la province, organisent une sorte de *country-life*, entre le golf, la chasse au canard sauvage et le bridge, en leur villa Turquoise. Quelques photographies, les sièges recouverts de chintz, de l'argenterie marquée à son chiffre, des fleurs, un peu d'imagination, et le tour est joué ! La communauté des besoins refoulés, et des anciennes habitudes jamais perdues faisaient, à cette époque-là, de cette population parasite de Français la rivale ou l'associée de l'autre, la cosmopolite, ou plutôt l'anglaise. M. de Saint-Maurice, irrésistible charmeur, et Walter Sickert, pendant plus de vingt ans, en furent l'agrément et la curiosité. Saint-Maurice, homme du monde et brocanteur amateur, connaisseur en art et en chevaux, après un long service à la cour du Khédive, grand écuyer et ami du souverain, avait quitté sa belle maison du Caire (aujourd'hui légation de France) pour en construire une à Caude-Côte et y caser ses trésors. Les soins vétilleux de Saint-Maurice, ses modiques ressources changèrent cette vaste entreprise, dont il comptait voir la fin, en un ouvrage de Pénélope (que M. de Gunzbourg acheva) et qui fit de Saint-Maurice lui-même un Dieppois. Son amour pour Dieppe nous aura menacés de désastres, qu'aurait causés son ambition d'embellir, d'agrandir. Son idéal fut de faire pousser des palmiers, fleurir des camélias auprès des moucharabiehs de son hall, comme des clématites sur la façade d'une maison gothique, achetée à Lisieux pour le Pré Saint-Nicolas. Vers cette Exposition universelle qu'était le domaine de Caude-Côte, chaque jour montait le tilbury de l'aimable propriétaire ; tous les corps de métier s'y rendaient « au rapport », les voituriers y transportaient de vieilles pierres, des boiseries Louis XV, des faïences arabes.

Mais, si les travaux étaient un but de promenade aux oisifs, la position de M. de Saint-Maurice auprès des châtelains de la région, la faveur mondaine dont il y jouissait lui valaient maintes importunités, car il pouvait faire signer des lettres de créance sociale. A l'octroi même de la ville, sur la route d'Arques, deux châteaux qui n'en sont qu'un, celui de Mme La Chambre et celui de Mme Paul de Laborde-Noguez, sa fille, devenaient un point de ralliement comme il ne s'en trouve de semblable dans aucune autre région de France. Les vertus, l'intelligence du jeune ménage Laborde-Noguez, son active philanthropie, l'avaient mis au-dessus des partis. Possesseurs des terres considérables de Mme La Chambre née Mouquet (ce nom illustre à Dieppe), ils dirigeaient la politique conservatrice, fondaient le journal *La Vigie*, présidaient aux œuvres, créaient des cités ouvrières modèles dont le développement fut incroyable. Courses de chevaux, haras, beurreries, coopératives ouvrières, écoles maternelles, chasses à courre, de quoi n'étaient-ils pas organisateurs ou présidents ? A l'instar des grands aristocrates d'Angleterre, les Laborde-Noguez défendaient en les adaptant à la vie contemporaine, les traditions seigneuriales. Ils réveillèrent les hobereaux, stimulèrent la vie à la campagne qui, dans mon enfance, décroissait. Mais le désir de n'écarter rien ni personne par snobisme, et la bonté, parfois, vous exposent à de fâcheuses contingences ; les « épaves » infligèrent aux dames de la société dieppoise de burlesques, mais humiliantes méprises. Car les plus honnêtes sont promptes à s'engouer d'une amie qui les distrait.

Sickert, sur la colline opposée à celle du golf, était seigneur du village de Neuville, une autre petite colonie de résidents, installés dans les vieilles demeures dominant le Pollet, les nouveaux bassins, jusqu'au champ de courses, Sickert, en dépit de ses vitres cassées, de son manque de tout, sauf de tubes de couleur et d'ustensiles à peindre, eût été, autant que Thaulow sur sa falaise ouest, enclin à exercer l'hospitalité. Peu à peu, l'affreuse maisonnette de capitaine au long cours, où il s'était acoquiné, devint une troisième Wahnfried; la colline de Neuville se peuplait, en été, d'admirateurs et de disciples, ceux du *London Group*, les rénovateurs de l'École anglaise par l'influence de nos peintres post-impressionnistes : une manière de Pont-Aven, dont Walter eût été le Gauguin.

Si les toiles de Sickert ne quittaient pas Dieppe par les voies de terre et de mer, comme celles de Thaulow, des artistes commençaient de se les partager, certains marchands les comptaient mettre en cave. Certains journaux rappelaient l'artiste à Londres pour écrire ; des Écoles pour professer – et l'excentricité de son commerce avec les Polletaises et leurs mômes troublait la tête de ses élèves peintresses. A qui échoirait l'honneur d'être la seconde, la troisième Mrs Sickert, la *house keeper* du *genius* de Neuville ? Pénétrait-on dans le grenier où il travaillait, il montrait des centaines de croquis au crayon, à la plume, des « mises au carreau ». Des toiles préparées en trois tons, des cartons enduits de liquides spéciaux s'empilaient dans des coins, avec des études commencées, d'exquises notes de Venise et de Dieppe dont il demandait quelques louis. Mais, le plus souvent, il préférait les offrir aux amis, cérémonieusement, comme cette infusion de Ceylan et ces tartines de gros pain beurré qu'il leur tendait avec des grâces, des façons élégantes et désuètes, dans des ustensiles de cuisine, sinon dans une cruche à eau, une cuvette, un plat à barbe. La table : une planche à dessiner ; les sièges : des caisses de sapin. Son madras à fond rouge autour du cou remplaçait le linge dans les périodes de pire dèche. Mais quel que fût son travestissement, le personnage qu'il lui plût d'incarner ; bien rasé, ou hirsute et effrayant de maigreur ; les cheveux coupés comme ceux d'un convict, ou s'il brossait à l'eau les boucles roses de sa chevelure opulente ; vieilli, ou soudain adolescent ; dans un salon ou dans un café de matelots, avec les Polletais, dont il parlait le dialecte aussi purement que le vénitien avec le gondolier de son sandolo : si quelqu'un l'apercevait pour la première fois, nous entendions cette question : « Quel est ce noble lord ? » Pendant des mois on ne savait où il se terrait. Sa crise de dépression ou de misanthropie cessant, il traitait des amies anglaises au restaurant de Titine Lefèvre, comme un capitaine revenu d'une longue croisière. Alors, d'une sociabilité charmante, il se répandait, souriant, chantant des refrains démodés de music-hall, citant des vers latins, du Balzac, du Rabelais. Ce dandy paradoxal avait l'humour et la fantaisie du Dickens d'*Edwin Drood*. Pompeux et comique, les seuls êtres qu'il ne déconcertât point étaient les gens très simples ; les autres se croyaient mystifiés…

Ma raison et mon excuse, auprès du lecteur qui me reprocherait mes emprunts trop répétés à ce qui lui semblera être des Mémoires, c'est que cette petite ville prend pour moi ses proportions et son sens dans mes souvenirs. A chaque siècle, ses chroniqueurs. L'abbé Denys Guilbert a raconté son temps, en écrivant, au XVIIIe siècle, l'histoire de cette cité depuis Brennus !... Je n'avais pas choisi ce séjour. On m'y amena ; j'y suis encore. Un peu de tous les individus que j'y ai fréquentés est dans l'air que j'y respire ; chaque rue, chaque pierre me parlent de quelqu'un et de ceux que je fus tour à tour. Quelques longues vies – si courtes, en vérité – trois ou quatre générations nous séparent des bourgeois qui bâtirent les arcades de la place Duquesne. Je connais un Dieppois, jeune encore, dont le grand'père recevait chez lui Voltaire, dans son hôtel de la rue d'Écosse.

Quand jadis, aux jours de marché, les voitures des campagnards stationnaient dans les rues proches du Puits-Salé, les charrettes à la renverse sur le pavé, les tape-culs, cheval dételé, dressant leurs brancards autour de Saint-Remy, mon cousin, le Dr L..., ne sortait pas de son cabinet. Une odeur de campagne emplissait le vestibule, l'escalier. Femmes en bonnet blanc avec des corbeilles d'œufs et de volailles, cultivateurs en blouse bleue caquetaient, discutaient le cours du beurre, pressés l'un contre l'autre, attendant d'être reçus par le médecin, dont la servante donnait un tour de faveur à des messieurs et à des dames qui montaient au salon. On me disait d'autres dames à grosses couleurs : « Ce sont des *putoises*; celles-là attendront dans la salle. » Les *putoises* ? Ex-fermières de l'ancien style, mi-dames, mi-paysannes, gantées, en chapeau à brides, le *gratin* de l'agriculture ; mais certaines gardaient l'habitude de vendre les produits de leur terre, le samedi, à Dieppe, debout sur le trottoir de la Grand'Rue, volailles, lapins à leurs pieds.

Les occupantes du salon de M. le docteur, la bonne les qualifiait châtelaines. J'aurais pu voir alors, jeune mariée, la baronne d'Excorchedyeu, qui, très vieille mais étincelante annaliste de la région, serait, quarante ans plus tard, notre voisine à Offranville. Avec elle nous reviendrions, des ans et des ans de suite, à Dieppe, en gens de campagne, et ce seraient pour moi d'autres aspects : la ville de ravitaillement, la sous-préfecture, où les nécessités les plus pressantes, en toute saison, les distractions parcimonieuses comme celles des « épaves », les besognes locales, finissent par avoir une saveur singulière si l'on sait regarder, non point de haut, mais en se mêlant de tout cœur à la vie commune.

N'eussé-je été que peintre, j'aurais moins cédé à l'attrait de mon nouveau commerce avec autrui. L'infaillible observatrice qu'était la baronne d'Excorchedyeu me conta des anecdotes, je pénétrai dans des intérieurs. Sans elle, aurais-je entrevu les sujets de roman dont j'ai la matière ? Je notai que la plupart des individus qui ne sont point nés à la campagne, mais qui s'y sont retirés, ont eu leur drame. Ils portent les stigmates de la loufoquerie, au moins des tics contractés dans le renversement de leurs habitudes. D'où mon désir de les comprendre et d'en écrire. D'abord, j'avais animé notre voisinage, peuplé nos poétiques gentilhommières avec des personnages de roman. Je relus Flaubert, les contes de Maupassant, *Une vie*, roman vécu au château de Miromesnil, dans notre commune, où naquit l'auteur. Ce château, j'y étais allé souvent quand des Américains, des Anglais noceurs le ravageaient. Il était enfin revenu dans une famille purement normande. Et, de hameau en hameau, c'étaient d'autres demeures que je surprenais sous leurs hêtraies. Je reconnaissais dans leurs habitants ces gens tant de fois croisés à Dieppe, le samedi, avec lesquels j'échangeais depuis un demi-siècle des regards furtifs, sans avoir jamais tenté de pousser les relations au-delà. Ces mêmes gens se rencontrant, quand ils descendaient à Dieppe, vingt fois la journée, n'ayant pas grand'chose à se dire, après s'être salués la première fois, feignaient de ne plus se voir, selon une convention tacite dictée par la discrétion et l'embarras.

Charrettes à bâche, « bocs », cabriolets ont regagné les villages, après la clôture des marchés. On manque de glisser sur des peaux d'orange, d'être renversé par les balayeuses. Les ruraux dormiront à la gare, près des braseros, jusqu'aux trains pour les lignes d'Envermeu et de Fontaine-le-Dun. Quand la foire, malheureusement trop courte, de décembre, qui succède à la foire rouennaise de Saint-Romain, échafaude ses *scenic-railways* sur les quais du bassin Bérigny, du moins y a-t-il de quoi s'esbaudir…

Sur la plage, les réverbères de l'été sont éteints ; on ne se promène plus, rue Aguado. Les cinémas n'existant pas encore, ni les dancings, inaugurés à la guerre pour les officiers britanniques, ni des hôtels décents pour l'hiver, faudrait-il que les honnêtes gens se missent à boire une absinthe, aux cafés du Puits-Salé ? Que devenir sous la bise, si l'on se décide à attendre l'heure des dépêches de Paris, les cours de la Bourse, un collyre long à préparer, un raccommodage de lunettes chez l'opticien… ou son tour chez le dentiste ? Journées courtes de décembre, quelle beauté pourtant en ce climat capricieux comme une vieille coquette. J'ai toute la plage à moi, elle paraît grande comme le monde. La mer, d'un plomb noir, coupe de dentelures blanches le galet, car il a neigé ; demain, elle se teindra d'indigo, le vent du sud aura effrangé des soies cramoisies sur les palaces aux fenêtres planchéiées. Mais quand les bourrasques des grandes marées lancent la cavalerie des Walküres à travers les champs du ciel, inondent les pelouses désertes, alors je songe à Delacroix s'exaltant dans un tourbillon d'écume et de vent ; j'ai peine à me confirmer que jamais plus, à cette heure, je ne reprendrai le chemin de la grève pour rentrer au Bas-Fort Blanc.

Un soir d'octobre, environ 1923, nous rencontrâmes Sickert sur le parvis de Saint-Jacques. Il n'était pas revenu à Dieppe depuis la guerre.

Mon ami ne m'écrivait plus. Veuf inconsolé de sa seconde femme, on le prétendait malade. Or son visage rajeuni, souriant, se détachait, ce soir-là, sur les murs mordorés et argent de l'église, tel qu'autrefois, quand, assis sur son chevalet pliant, il injuriait les gamins qui regardaient peindre « Monsieur Sicaire ». Les effets du crépuscule, qu'il a si bien rendus, nous invitaient, mes compagnes et moi, à flâner comme nous l'avions fait, trente, quarante ans ensemble, nous exaltant, évoquant les disparus, Beardsley, Conder, Pissaro. Walter nous laissa dire. Il n'était plus dans son humeur lyrique dieppoise. Nous l'agacions de causer peinture, pittoresque, *beauté*. Me prenant à part, d'une voix douce, ironique et glaciale : « Êtes-vous heureux, me fit-il, de pouvoir vibrer encore! − *to vibrate*. Vous me rappeliez, et avec la même ardeur, notre Londres de Whistler, le vieux Oxford Music-hall, les barcarols de Venise... *By Jove* ! croyez-vous donc à tout cela, vous ? Il n'y a pas de *sujets picturaux*. Dieppe, Venise m'ont été commodes. »

Je lui concédai que les lieux valent par ce que chacun y met de soi-même ; et que moi, j'enrichissais cette ville du souvenir de mon très cher Walter et de son art.